GRöLS Verlage

„Bücher sind wie Fallschirme. Sie nützen uns nichts, wenn wir sie nicht öffnen."

Gröls Verlag

Redaktionelle Hinweise und Impressum

Das vorliegende Werk wurde zugunsten der Authentizität sehr zurückhaltend bearbeitet. So wurden etwa ursprüngliche Rechtschreibfehler regelmäßig *nicht* behoben, denn kleine Unvollkommenheiten machen das Buch – wie im Übrigen den Menschen – erst authentisch. Mitunter wurden jedoch zum Beispiel Absätze behutsam neu getrennt, um den Lesefluss zu erleichtern.

Um die Texte zu rekonstruieren, werden antiquarische Bücher von Lesegeräten gescannt und dann durch eine Software lesbar gemacht. Der so entstandene Text wird von Menschen gegengelesen und korrigiert – hierbei treten auch Fehler auf. Wenn Sie ebenfalls antiquarische Texte einreichen möchten, finden Sie weitere Informationen auf www.groels.de

Viel Freude bei der Lektüre wünscht Ihnen das Team des Gröls-Verlags.

Adressen

Verleger: Hermann-Josef Gröls,

Im Borngrund 26, 61440 Oberursel

Externer Dienstleister für Distribution & Herstellung:

BoD, In de Tarpen 42, 22848 Norderstedt

Unsere „Edition | Werke der Weltliteratur“ hat den Anspruch, eine der größten und vollständigsten Sammlungen klassischer Literatur in deutscher Sprache zu werden. Nach und nach versammeln wir hier nicht nur die „üblichen Verdächtigen“ von Goethe bis Schiller, sondern auch Kleinode der vergangenen Jahrhunderte, die – zu Unrecht – drohen, in Vergessenheit zu geraten. Wir kultivieren und kuratieren damit einen der wertvollsten Bereiche der abendländischen Kultur. Kleine Auswahl:

Francis Bacon • Neues Organon • **Balzac** • Glanz und Elend der Kurtisanen • **Joachim H. Campe** • Robinson der Jüngere • **Dante Alighieri** • Die Göttliche Komödie • **Daniel Defoe** • Robinson Crusoe • **Charles Dickens** • Oliver Twist • **Denis Diderot** • Jacques der Fatalist • **Fjodor Dostojewski** • Schuld und Sühne • **Arthur Conan Doyle** • Der Hund von Baskerville • **Marie von Ebner-Eschenbach** • Das Gemeindekind • **Elisabeth von Österreich** • Das Poetische Tagebuch • **Friedrich Engels** • Die Lage der arbeitenden Klasse • **Ludwig Feuerbach** • Das Wesen des Christentums • **Johann G. Fichte** • Reden an die deutsche Nation • **Fitzgerald** • Zärtlich ist die Nacht • **Flaubert** • Madame Bovary • **Gorch Fock** • Seefahrt ist not! • **Theodor Fontane** • Effi Briest • **Robert Musil** • Über die Dummheit • **Edgar Wallace** • Der Frosch mit der Maske • **Jakob Wassermann** • Der Fall Maurizius • **Oscar Wilde** • Das Bildnis des Dorian Grey • **Émile Zola** • Germinal • **Stefan Zweig** • Schachnovelle • **Hugo von Hofmannsthal** • Der Tor und der Tod • **Anton Tschechow** • Ein Heiratsantrag • **Arthur Schnitzler** • Reigen • **Friedrich Schiller** • Kabale und Liebe • **Nicolo Machiavelli** • Der Fürst • **Gotthold E. Lessing** • Nathan der Weise • **Augustinus** • Die Bekenntnisse des heiligen Augustinus • **Marcus Aurelius** • Selbstbetrachtungen • **Charles Baudelaire** • Die Blumen des Bösen • **Harriett Stowe** • Onkel Toms Hütte • **Walter Benjamin** • Deutsche Menschen • **Hugo Bettauer** • Die Stadt ohne Juden • **Lewis Caroll** • *und viele mehr….*

Aristophanes

Die Frösche

Personen

Dionysos

Xanthias, *sein Sklave*

Herakles

Pluton

Aischylos

Euripides

Charon

Aiakos

Eine Magd *der Persephone*

Zwei Wirtinnen

Ein Toter

Chor der Frösche

Chor der Eingeweihten

Männer und Frauen

Schauplatz:
teils auf dem Weg in die Unterwelt, teils in dieser selbst

Erste Szene

Dionysos*, *Xanthias, *zu Esel. Später* ***Herakles*, *Charon***

Xanthias: Herr, fang' ich wohl mit Spaßen, von der Sorte
Der ordinären, stetsbelachten, an?

Dionysos: Meinthalb, soviel du willst, nur kein: „Das drückt!"
Das laß mir weg; ich hab's zum Ekel satt.

Xanthias: Doch sonst was Schnurriges?

Dionysos: Nur nicht: „Mein Rücken!"

Xanthias: 'nen Kapitalspaß also?

Dionysos: Ja, zum Henker,
Nur herzhaft los! – Doch hör, kein Wort –

Xanthias: Wovon?

Dionysos: Dich kackre und du woll'st dir's leichter machen!

Xanthias: Doch das: „Wenn ich mich länger mit dem Pack
Noch schleppen muß – so knarrt die Hintertür?“

Dionysos: Ums Himmels willen, nein, mir würde übel!

Xanthias: Warum denn muß ich die Bagage tragen,
Wenn mir verboten ist, was Phrynichos
Und Lykis und Ameipsias immer treibt,
Sooft bepackt im Stück ein Träger kommt?

Dionysos: Nein, laß du das! Denn spielt man im Theater
Mir solche Handwerkskniffe vor, da komm'
Ich älter um ein volles Jahr nach Haus.

Xanthias: O du mein armer, unglücksel'ger Hals,
So schwer gedrückt, und sollst den Spaß verschlucken!

Dionysos: Und dann, wie hast du's? Üppig und bequem!
Ich Dionysos, Humpens Sohn, ich geh'
Zu Fuß und lauf mich müd und lass' dich reiten,
Nur daß du nicht so schwer zu tragen hast!

Xanthias: So? Trag' ich nicht?

Dionysos: Du trägst? Du reitest ja!

Xanthias: Ich trage, sieh!

Dionysos: Wieso?

Xanthias: Entsetzlich schwer!

Dionysos: Was du da trägst, das trägt der Esel ja.

Xanthias: Der Esel? Was ich selbst belastet trage?

Dionysos: Wie kannst du tragen, wenn dich einer trägt?

Xanthias *sich kratzend*:
Das weiß ich nicht, doch beißt mich meine Schulter.

Dionysos: Nun gut, wenn dir der Esel doch nichts nützt,
So huck ihn auf und trag ihn auch einmal!

Xanthias: Daß Gott erbarm! Hätt' ich nur mitgefochten
Zur See! Ich wollte schon dich Mores lehren!

Dionysos: Steig ab, Halunke! Denn da bin ich ja
Schon an der Haustür, wo ich allererst
Vorsprechen muß. *Heftig pochend*
He, Junge, Jüngelchen!

Xanthias mit seinem Pack steigt vom Esel; Esel ab; Herakles erscheint unter der Tür

Herakles: Wer hat geklopft, wer ist wie ein Kentaur
Ans Tor geprallt? Sag an, was soll das sein?

Dionysos *leise*:
Mein Junge!

Xanthias: He?

Dionysos: Hast du bemerkt?

Xanthias: Bemerkt?

Dionysos: Wie der in Angst war?

Xanthias: Ja – du möchtest toll sein!

Herakles: Bei Gott, das Lachen halt' ich länger nicht;
Wie ich die Lippen beiß', es platzt heraus!

Dionysos: Mein Bester, komm, ich muß dich etwas bitten.

Herakles: Ich halt's nicht aus, ich berste noch vor Lachen!
Das Safrankleid, die Löwenhaut darüber,
Kothurn und Keule – paßt zusammen, prächtig!
Wo warst du?

Dionysos: Ich bestieg den Kleisthenes!

Herakles: So? Warst du bei der Seeschlacht?

Dionysos: Ja, wir bohrten
Ein Dutzend Schiff' und drüber in den Grund.

Herakles: Ihr zwei?

Dionysos: Beim Phoibos!

Herakles: Und – „da wacht' ich auf!"

Dionysos: Und wie zu Schiff ich die ›Andromeda‹
So für mich las, da klopfte plötzlich mir
Das Herz in großer Sehnsucht, denk dir nur!

Herakles: Wie groß war sie?

Dionysos: Hem, so von Molons Größe!

Herakles: Ein Weib war dein Gelüst?

Dionysos *schüttelt verneinend den Kopf*

Herakles: Ein Knab'?

Dionysos: O nein!

Herakles: Ein Mann?

Dionysos: Pfui, pfui!

Herakles: Du triebst's mit Kleisthenes?

Dionysos: Hör, Bruder, keinen Spaß! – 's ist schlimm genug,
„Daß solche Sehnsucht mir am Herzen frißt".

Herakles: Wonach, mein Brüderchen?

Dionysos: Ich kann's nicht sagen,
Nur durch ein Gleichnis mach' ich's klar. Bekamst
Du nie auf einmal Lust nach Bohnenbrei?

Herakles: Potz, Bohnenbrei! Schon hunderttausendmal!

Dionysos: Verstehst du? Oder „muß ich drehn mein Wort?"

Herakles: Brei, sagst du? Oh, das kenn' ich aus dem Grund!

Dionysos: Mit solcher Sehnsucht schnapp' ich jetzo nach
Euripides.

Herakles: Nach ihm? Der ist ja tot!

Dionysos: Ich muß zu ihm, das redet mir kein Mensch
Auf Erden aus!

Herakles: Hinunter in den Hades?

Dionysos: Beim Zeus, und wenn es sein muß, auch noch tiefer!

Herakles: Was suchst du drunten?

Dionysos: Einen guten Dichter;
„Tot sind die Besten; die da leben, schlecht!"

Herakles: Wie, lebt nicht Iophon?

Dionysos: Der ist allein
Was Tücht'ges noch, will's Gott, auch auf die Dauer.
Denn seiner auch bin ich noch nicht gewiß.

Herakles: So hole doch, wenn's sein muß, Sophokles,
Der ist doch größer als Euripides!

Dionysos: Nein, prüfen muß ich Iophons Metall,
Wie er *allein* klingt, ohne Sophokles.
Auch würd' Euripides, der Erzschelm, schon
Den Weg erspäh'n, mit mir davonzurennen.
Doch Sophokles ist hier, ist dort zufrieden.

Herakles: Wo ist denn Agathon?

Dionysos: Der lief mir fort: –
O ein Agath ist der, von hohem Wert!

Herakles: Weh! – Und wohin?

Dionysos: Zum Schmaus der Seligen.

Herakles: Xenokles aber?

Dionysos: Hol' der Henker den!

Herakles: Pythangelos?

Xanthias *halblaut für sich*: Von mir ist nicht die Red',
Mit meiner armen, wund geriebnen Schulter!

Herakles: Ihr habt ja dort noch andre Bürschchen, nicht?
Die euch Tragödien machen, tausendweis,
Und Meilen breiter als Euripides!

Dionysos: 'ne saubre Stoppelernte! Schnatterenten!
„Ein Musenhain von Schwalben", lauter Stümper,
Die weg sind, bringen sie mal einen Chor
Zusammen, die Tragödie zu bepissen;
Doch einen zeugungsfähigen Dichter suchst
Du jetzt umsonst, der was Gescheites schaffte.

Herakles: Wie, zeugungsfähig?

Dionysos: Einen, der noch keck
Sich nebenher zu solcher Sprach' erhebt:
„O Äther, Zeus' Behausung! – Fuß der Zeit!" –
„Das Herz, dem Schwur beim Heiligsten sich sträubend!" –
„Der Zunge Meineid, den das Herz nicht kennt!"

Herakles: Gefällt dir das?

Dionysos: Gefallen? Mich entzückt's!

Herakles: Schnurrpfeiferei'n, das mußt du doch gestehn!

Dionysos: „Herberg' in meinem Geist nicht": – geh nach Haus!

Herakles: Nein, nein, das ist erbärmlich fad!

Dionysos: Du lehrst
Mich essen?

Xanthias: Und von mir ist nicht die Red'!

Dionysos: Indes, warum ich also kostümiert,
Dein Ebenbild, hierher kam: – sag mir deine
Bekannten, für den Notfall, bitt' ich, die
Du dort gesprochen, als den Kerberos
Du einst geholt, auch Häfen, Bäckerladen,
Lustgärten und Bordelle, Städte, Brunnen,
Gasthäuser, Nachtquartiere, wo der Wanzen
Nicht allzuviel –

Xanthias: Von mir ist nicht die Red'!

Herakles: Du armer Schelm willst auch hinab dich wagen?

Dionysos: Nichts mehr dawider! Nenne mir den Weg,
Der uns am schnellsten in den Hades führt;
Doch hätt' ich nicht gern heiß noch allzu kalt.

Herakles: Nun, welchen nenn' ich dir zuerst? Laß sehn!
Der eine, über Strick und Leiter, – wenn
Du dich erhängst.

Dionysos: Oh, der ist zum Ersticken!

Herakles: Ein Pfad sodann, nicht lang und wohlgestampft,
Der durch den Mörser.

Dionysos: Schierling meinst du?

Herakles: Ja!

Dionysos: Der ist mir doch zu kalt und winterlich:
Da werden einem starr wie Eis die Schenkel.

Herakles: Soll's einer sein, der rasch bergunter führt?

Dionysos: Nun ja, ich bin nicht eben gut zu Fuß.

Herakles: Zum Kerameikos schlendre hin!

Dionysos: Und dann!

Herakles: Steig auf den hohen Turm!

Dionysos: Was mach' ich dort?

Herakles: Gib Achtung, wenn der Fackellauf beginnt;
Und schreit das Publikum dann: ›Marsch!‹ – sofort
Auch Marsch mit *dir!*

Dionysos: Wohin?

Herakles:Den Turm hinab!

Dionysos: Das bräch' ein Hirn, auch dreifach eingewickelt!
Den Weg probier' ich nicht!

Herakles: Nun, welchen denn?

Dionysos: Den *du* gemacht.

Herakles: Das ist 'ne weite Fahrt!
Da kommst du gleich zu einem großen See,
Entsetzlich tief.

Dionysos: Wie komm' ich über den?

Herakles bildet mit den Fingern die Form einer Nußschale

Herakles: In einem winz'gen Kahne setzt dich über
Der alte Fährmann für zwei Obolen!

Dionysos: Der Tausend auch, zwei Obolen!
Was die doch überall gewaltig ziehn!
Wie kamen sie denn dorthin?

Herakles: Nun, durch Theseus!
Dann wirst du Schlangen, Ungeheuer sehn,
Unzählig, scheußlich!

Dionysos: Mach mir keine Angst,
Du schreckst mich doch nicht ab!

Herakles: Dann Moor und Sumpf,
Und Lachen Menschenkot, darin sich wälzt,
Wer je das Gastrecht frevlerisch verletzt,
Wer einen Knaben braucht' und nicht bezahlt,
Die Mutter prügelt und ins Angesicht
Den Vater schlägt, wer einen Meineid schwört,
Und – abschreibt einen Vers von Morsimos.

Dionysos: Bei Gott, da muß auch hin, wer je gelernt
Ein Waffentanzlied von Kinesias.

Herakles: Dann wird dich süßer Flötenhauch umweh'n.
Und schönstes Sonnenlicht, wie hier, und Haine

Von Myrten, wo in sel'gen Scharen Frau'n
Und Männer ziehn mit Sang und Händeklatschen.

Dionysos: Wer sind denn die?

Herakles: Das sind die Eingeweihten.

Xanthias: Und ich – der Esel beim Mysterium!
Nein, länger trag' ich die Bagage nicht!
Wirft sein Bündel weg

Herakles: – Die sagen haarklein alles Nöt'ge dir.
Denn ganz zunächst am Wege wohnen sie,
Der führt zu Plutons Pforte. – Nun, Herr Bruder,
Glück auf die Reise!

Dionysos: Lebe wohl, Herr Bruder!

Herakles ab

Dionysos *zu Xanthias*:
Du aber pack dein Bündel wieder auf!

Xanthias: Eh' ich's recht weggelegt?

Dionysos: Und das geschwind!

Xanthias: Ich bitte, nimm doch einen, den man just
Zu Grabe trägt: für Geld tut's auch ein Toter!

Dionysos: Und – find' ich keinen?

Xanthias: Trag' ich weiter!

Dionysos: Gut! –

Da kommt ein Leichenzug; gerade recht!

Zu einem Toten, den man auf offener Bahre vorüberträgt

Du da! Du da, dich mein' ich, Toter, he!

Mann, nimm mir doch den Pack zum Hades mit!

Toter *sich aufrichtend*:

Wie groß?

Dionysos: Da sieh!

Toter: Du zahlst zwei Drachmen Lohn!

Dionysos: Mach's billiger!

Toter: Geht eures Wegs, ihr Träger!

Dionysos: Halt, wunderlicher Kauz, laß mit dir reden!

Toter: Zwei Drachmen, bar erlegt, sonst still davon!

Dionysos: Neun Obolen!

Toter: Da lebt' ich lieber auf!

Wird weiter getragen

Xanthias: Wie vornehm! Der verfluchte Kerl, soll ihn –

Jetzt trag' ich selbst!

Dionysos: Du bist ein Ehrenmann!

Komm, fort zum Nachen!

Charon erscheint auf dem Nachen, am jenseitigen Ufer des Totensees

Charon: Hoiho! Angelegt!

Xanthias: Was ist denn das?

Dionysos: Der See, bei Gott, von dem
Er sprach, und auch den Nachen seh' ich dort!

Xanthias: Beim Wetter, ja, und Charon selbst, da sieh!

Dionysos: Guten Morgen, Charon!

Xanthias: Charon, guten Morgen!

Charon: Wer will zur Ruhe nach des Lebens Müh'n,
Zum Lethe, ins Schlaraffenland, zum Geier,
Zum Tainaron, ins Land der Kerberer?

Dionysos: Ich!

Charon: Schnell herein!

Dionysos: Wo fahren wir denn hin?
Zum Geier? Wirklich?

Charon: Ja, weil du es bist!
Steig ein!

Dionysos: Komm, Junge!

Charon: Sklaven fahr' ich nicht,
Sie hätten denn zur See sich ihrer Haut
Gewehrt.

Xanthias: Ich konnte nicht, vor Augenweh!

Charon: Dann lauf, und lauf nur um den See herum!

Xanthias: Wo soll ich warten?

Charon: Dort am Heißen Stein,
Beim Ruheplatz!

Dionysos: Verstanden?

Xanthias: Ganz vollkommen! –
Was ist mir heut doch übern Weg gerannt?
Geht

Charon: Da sitz ans Ruder! Wer noch mit will, schnell!
Was machst du?

Dionysos *auf dem Ruder sitzend*:
Was ich mache? Nun, ich sitz'
Am Ruder, ganz wie du befohlen hast.

Charon: Da setz dich hin, du Fettwanst!

Dionysos: Sitze schon!

Charon: Die Hand' im Schoße? Streck dich!

Dionysos: Strecke schon!

Charon: Was Flausen! Stemm dich an, mach's kurz, nur frisch
Gerudert!

Dionysos: Guter Gott, wie soll denn ich
Landratt', unsalaminisches Geschöpf,
Wie soll ich rudern?

Charon: Macht sich, schlag nur mal
Hinein, dann hörst du Melodien –

Dionysos: Woher?

Charon: Von Fröschen-Schwanen, göttlich!

Dionysos: Fang' du an!

Charon: Hoiho, hoiho!

Sie rudern

Frösche *von Zeit zu Zeit auftauchend*:
Brekekekex, koax, koax!
Brekekex, koax, koax!
Brüder in Sumpf und Bach,
Laßt uns im Flötenton
Feierlich unser Lied
Anstimmen, süß melodisch,
Koax, koax!
Das wir von jeher dem Sohne des Zeus,
Dem Nysischen Bakchos aus Sümpfen laut
Zugejubelt, wenn trunkenen Zugs
Am heiligen Topffest alles Volk
Wallfahrte zu unserm Gefilde!
Brekekekex, koax, koax!

Dionysos: Mich aber brennt schon am Gesäß
Ein Wolf bei euerm ›Koax, koax, koax!‹

Frösche: Brekekekex, koax, koax!

Dionysos: Euch schiert das wenig, wie mich deucht!

Frösche: Brekekekex, koax, koax!

Dionysos: Daß ihr zerplatzt mit eurem ›Koax!‹
Nichts, nichts als ›koax‹ und wieder ›koax!‹

Frösche: Allerdings, Herr Naseweis!
Denn uns lieben die leierkundigen Musen,
Liebt der bocksfüßige Pan,
Virtuos auf dem Haberrohr,
Uns geneigt ist der Harfner Apollon,
Denn er braucht Rohr zum Steg seiner Zither,
Das wir ihm feucht in Sümpfen ziehn.
Brekekekex, koax, koax!

Dionysos: Aber ich habe Blasen schon,
Mein Podex schwitzt entsetzlich, und
Beim nächsten Bücken quakt er mit:
›Brekekekex, koax, koax!‹
Ich bitte dich, o musikalische Bande,
Hör auf!

Frösche: Lauter noch laßt es erschallen als je,
Wenn wir an hellen Sommertagen
Aufgehüpft aus Kress' und Kalmus
Auf melod'schen Wellen schwammen,
Sangesfrohe Musenjünger,

Oder, uns vorm Regen duckend,
Tief im Grund den Unkenreigen
Orgelten, vergnüglich sprudelnd
Wasserblasenperlengequirl!
Brekekekex, koax, koax!

Dionysos *den Schenkel lüpfend*:
So! Das klingt zu euerm Ton!

Frösche: Oh, da wird's uns schlimm ergehn!

Dionysos: Schlimmer mir noch hier am Ruder,
Immer auf dem Punkt zu bersten!

Frösche: Brekekekex, koax, koax!

Dionysos: Meinthalb könnt ihr all' krepieren!

Frösche *immer crescendo*:
Jetzt erst laßt uns mächtig schrein,
Was vom Morgen bis zum Abend
Unsre Gurgel halten will:
Brekekekex, koax, koax!

Dionysos *schreit*:
Brekekekex, koax, koax!
Meister sollt ihr doch nicht werden!

Frösche: Du willst uns bemeistern? Koax!

Dionysos: Aber ihr noch minder mich!
Schreien will ich, muß es sein,

Tagelang, bis auf den Hund
Ich für immer mich gequakt!
Brekekekex, koax, koax!

Frösche verstummen

Dionysos: Vertrieben hätt' ich euch das ›Koax, koax, koax!‹

Charon: Halt an und schieb ans Ufer mit der Stange!
Steig aus! Das Fahrgeld!

Dionysos: Hier zwei Obolen!

Zweite Szene

Dionysos*, *Xanthias, *beide im Dunkeln tappend. Später der* ***Chor der Eingeweihten***

Dionysos: He, Xanthias! Wo bist du, Xanthias?

Xanthias: Juhu!

Dionysos: Komm hierher!

Xanthias: Ah, Gott grüß' euch, Herr!

Dionysos: Was siehst du?

Xanthias: Nichts als Schlamm und Finsternis!

Dionysos: Hast du die Vatermörder und Meineid'gen
Gesehn, von denen er uns sprach?

Xanthias: Du nicht?

Dionysos *gegen das Publikum*:
Ob ich sie hier gesehn? – Ich seh' sie noch!
Doch sag, was tun wir jetzt?

Xanthias: Wir gehen weiter;
Da ist der Ort, da kommen, wie er sagte,
Die wilden Tiere!

Dionysos: Der verfluchte Kerl
Hat aufgeschnitten, um mir angst zu machen,
Aus purem Neid! Er weiß, wie keck ich bin!
„So stolz ist nichts auf Erden" wie Herakles!
Ich wünschte sehr, es käm' etwas, ich fände
Hier einen Strauß, der diese Fahrt verlohnt.

Xanthias: Bei Gott, ich höre was – es schnaubt daher!

Dionysos: Wo, wo?

Xanthias: Dahinten!

Dionysos: Geh du hinter mich!

Xanthias: Nein, vornen!

Dionysos: Vornen? Geh du nur voraus!

Xanthias: Zeus steh' uns bei, ich seh' ein Ungeheuer!

Dionysos: Wie sieht's denn aus?

Xanthias: O Graus! Bald so, bald so;
Ein Ochse, jetzt ein Maultier, jetzt ein Weib: –
Wie reizend –

Dionysos: Wo? Da geh' ich gleich drauf los!

Xanthias: Verschwunden ist das Weib, jetzt ist's ein Hund!

Dionysos: Ha, die Empuse?

Xanthias: Wirklich! – Ihr Gesicht
Ist feuerrot!

Dionysos: Und ehern auch ihr Bein!

Xanthias: Beim Teufel, und das zweite Eselsmist,
So wahr ich leb'!

Dionysos: Wo soll ich hin?

Xanthias: Und ich?

Dionysos geht auf den Dionysospriester zu, der vorn auf seinem Ehrenplatz unter den Zuschauern sitzt, und versteckt sich hinter ihm

Dionysos: Mein Priester, hilf! Wir zechen dann zusammen!

Xanthias: Wir sind verloren, o Herakles!

Dionysos: Still!
Hör, Mensch, ich bitt' dich, sag den Namen nicht!

Xanthias: Dionysos also!

Dionysos: Den noch weniger!
Will fort

Xanthias: Bleib da! Hieher, mein lieber Herr, hieher!

Dionysos: Was gibt's?

Xanthias: Sei ruhig; alles ist schon gut!
Wir können sprechen wie Hegelochos:
„Nach Sturm und Wellen seh' ich Sonnenschwein!"
Fort ist das Scheusal!

Dionysos: Schwöre drauf!

Xanthias: Beim Zeus!

Dionysos: Noch mal!

Xanthias: Bei Zeus!

Dionysos: Zum drittenmal!

Xanthias: Bei Zeus!

Dionysos kommt wieder hinter dem Priester hervor

Dionysos: Das war ein Schreck! Ich wurde leichenblaß, –
Auf den Priester zeigend
Und *der* vor Angst wie ein gesottner Krebs!
„Weh, weh! Wie flog dies Ungemach mir zu?
Und wer der Götter sucht mich zu verderben?
Du, Zeus' Behausung, Äther, – Fuß der Zeit?"

Flötenspiel hinter der Szene

Xanthias: Herr, Herr!

Dionysos: Was gibt's?

Xanthias: Hast du vernommen?

Dionysos: Was?

Xanthias: Den Flötenhauch?

Dionysos: Jawohl, von Fackeln auch
Umweht ein Lüftchen mich, gewaltig mystisch;
Komm, duck dich hier und laß uns heimlich lauschen!

Verstecken sich. Chor der Eingeweihten tritt auf

Chor: Iakchos, Iakchos,
Heil, Iakchos!

Xanthias *leise*:
Das sind sie, Herr, das sind die Eingeweihten,
Die er genannt: die machen hier sich lustig
Und singen trotz Diagoras: ›Iakchos!‹

Dionysos: Ich glaub' es selbst! Am besten ist's, wir halten
Uns still, um alles recht mit anzusehn.

Chor: Iakchos, der du im ehrenreichen
Heiligtum hier wohnest,
Iakchos, Iakchos!
Komm hieher auf die Wiese zum Chortanz,
Zum Festschwarm deiner Geweihten:
Laß den üppigen, beerenreichen
Myrtenkranz, dein Haupt umschwellend,
Duftig sich schütteln!

Stampfe den Takt mit keckem Fuß
Zur ungezügelten, wonnetrunknen,
Neckischen Feier!
Tanz ihn mit, den holdseligen,
Anmutreichen, dreimalheil'gen
Mystischen Reigen!

Xanthias *wie oben*:
Persephone, du Heil'ge, Benedeite,
Wie mystisch duftet hier das Schweinefleisch!

Dionysos: Sei still, dann kriegst du auch vielleicht ein Würstchen!

Chor: Aufflammen laß die blitzenden
Fackeln! Ja, du kommst, o Iakchos,
Und schwingst sie in Händen,
Beim nächtlichen Fest der Morgenstern!
Von Lichtern funkelt der Anger,
Greisen selbst regt sich das Knie,
Und sie schütteln der Sorgen
Und der bleichenden Jahre Last
Vom Haupte, verjüngt
Durch die heilige Festlust!
Aber du, o Seliger,
Leuchte voran mit der Fackel
Glänzendem Leitstern
Zum blumig betauten Gefild
Dem schwebenden Jünglingsreigen!

Chorführer: In Andacht schweig' und halte sich fern von unsern geheiligten Chören,
Wer Lai' in solchem Geheimnis ist und ungeläuterten Sinnes,
Wer nie die Orgien der Musen gesehn, noch mitgetanzt ihren Reigen,
Wen noch zum Bakchanten Kratinos nicht, der Stierauffresser, geweiht hat,
Wer je an niedrigen Possen sich labt, die zur Unzeit einer gerissen,
Wer nie sich bemüht, den Hader im Volk zu dämpfen, ein Unhold den Bürgern,
Wer Zwietracht sät und das Feuer schürt, nur bedacht auf eigenen Vorteil,
Wer, ein Lenker des Staats, wenn er schwankt im Sturm, sich gewinnen läßt durch Bestechung,
Wer ein Schiff, eine Festung den Feinden verrät und schmuggelt verbotene Waren
Aus Aigina hinaus, wie Thorykion, der schuftige Zehntenerheber,
Und Lederwerk und Leinwand und Teer dem Feind schickt gen Epidauros,
Wer Geld an die feindliche Flotte will zu zahlen die andern bereden,
Wer gottlos Hekates Bild beschmeißt, ein erhabener kyklischer Dichter,
Wer, ein Redner, abzuzwacken versucht dem Dichter den

Sold, den verdienten,
Weil ihn durchgenommen am bakchischen Fest mit üblichem Spott die Komödie:
Euch allen sag' ich's zum erstenmal, zum zweiten- und drittenmal sag' ich's:
Hebt all' euch hinweg vor dem mystischen Chor! Ihr andern beginnt die Gesänge,
Beginnt die heilige Feier der Nacht, geziemend dem Fest der Geweihten!

Chorgesang: Nun wandle jeder mit männlichem Schritt
Zu den blumigen Wiesengründen
In des Hades Räumen, und stampfe vergnügt
Mit Scherzen und neckischen Possen!
Gefrühstückt habt ihr ja alle gut.
Wohlan denn, erhebet der Göttin,
Der Rettenden, heiligen Festgesang,
Die allweg Gedeihen der Stadt verheißt,
Und wollt' auch Thorykion es hindern!

Chorführer: Stimmt an jetzt Hymnen von anderem Klang! Die früchtespendende Göttin,
Demeter, die Hohe, verherrlichet laut in festlich begeisterten Liedern!

Chorgesang: Demeter, heil'ger Orgien
Obwalterin, o steh uns bei
Und schirme selber deinen Chor!

Laß ungestört den ganzen Tag
Uns spielen, singen, tanzen,
Und Spaß und Ernst, wie's eben kommt,
Laß walten in der Rede Fluß,
Und wenn ich würdig deines Fests
Gescherzt, gelacht, gespottet, dann
Laß mich den Siegskranz schmücken!

Chorführer: Wohlauf, den blühenden Gott nun auch,
Rufet ihn, rufet hieher ihn
Mit Liedern, daß er Genosse sei
Des fröhlichen Reigentanzes!

Einzelne: Iakchos, Ehrengekrönter, Erfinder
Des fröhlichen Festlieds, komm und begleit' uns
Hin zur Göttin und eile – du kannst es –
Her zu uns aus weitester Ferne!

Alle: Iakchos, geleite mich, Schirmer der Chöre!

Einzelne: Zerrissen hast du ja, ärmlich und spöttisch
Anzuschaun, meine Chorsandälchen
Und dieses Bettelkleid!
Du nur verschaffst uns die Wonne, frei
Und wohlfeil zu scherzen, zu springen!

Alle: Iakchos, geleite mich, Schirmer der Chöre!

Einzelne: Ja, und da hab' ich auch, eben links
Nach dem Dirnchen schielend, dem hübschen Gesicht,

Der flinken Tänzerin gucken gesehn
Aus dem lumpigen Jäckchen ein Brüstchen!

Alle: Iakchos, geleite mich, Schirmer der Chöre!

Xanthias: Ich bin ohnedies das Begleiten gewöhnt, und möchte wohl gern mit dem Dirnchen
Ein Tänzchen machen und springen!

Dionysos: Auch ich!

Einzelne: Ist's euch genehm, so laßt uns zusammen
Jetzt spotten des Archedemos,
Der sich im siebten Jahr kein Bürgerrecht erzahnt.
Doch ist er der Mann des Volkes
Jetzt bei den Toten droben,
Der Hahn im Korbe dort bei all dem Lumpenpack!
Von Kleisthenes aber hör' ich:
Er sitzt am Grab und rupft
Sich bloß den Bloßen und zerfetzt die Backen sich,
Schlägt sich, zusammengekauert,
Und heult und schreit um Sebinos,
Den reizenden Manustuprier!
Von Kallias dort vernahm ich,
Nach ihm auf das Amphitheater zeigend
Dem Hurensohn, er diene
Zur See und trag' als Löwenhaut – ein Schamfell!

Dionysos: Ihr könnt vielleicht uns sagen,
Wo Pluton hier zu finden,
Denn Fremde sind wir, die soeben angelangt!

Chorführer: Du brauchst nicht weit zu gehen
Und weiter nicht zu fragen,
Denn grad vor seiner Tür, mein Bester, stehst du eben.

Dionysos *zu Xanthias*:
Nun denn, Gesell, so pack nur wieder auf!

Xanthias: Der Pack! – Die alte Leier stets,
Wie mit „Korinthos dort, dem Sohn des Zeus!“

Chorführer: Kommt in der Göttin heil'ges Rund,
In den blumigen Hain und scherzt,
Ihr all', des gottgefälligen Festes
Traute Genossen!
Mit diesen Mägdlein will ich ziehn,
Mit diesen Frau'n, und der Göttinnen
Nachtfeier begehn und tragen
Die heilige Fackel!

Chorgesang: So laßt uns auf die Rosenau'n,
Die Blumenwiesen wallen
Und scherzen nach altem Brauch
In lieblichem Reigentanz,
Zu dem uns die Parzen,
Die sel'gen, vereint!

Denn uns allein bescheint der Tag
Und heitre Sonnenhelle,
Nur uns, die Geweihten, die
Immerdar frommen Brauch
Geübt an den Fremden
Und Bürgern der Stadt!

Dritte Szene

Dionysos, Xanthias, der Chor**, später **Aiakos**, die **Magd** der Persephone, zwei **Wirtinnen

Dionysos: Hör: sag mir doch einmal, wie klopf ich hier?
Was ist der Brauch wohl hier zu Land beim Klopfen?

Xanthias: Ei, mach's nur kurz und geh der Tür zu Leib,
Herakles an Gestalt und an Gewalt!

Dionysos *klopft*:
He, holla!

Aiakos *im Innern*: Wer da?

Dionysos: Held Herakles, *ich!*

Aiakos *öffnet*:
„Halunk, Kanaille, freches Rabenaas",
Du Hauptschuft, Erzschuft, o du Schuft der Schufte,
Der unsern Kettenhund, den Kerberos,
Mein treues Tier, mir weggelockt, gepackt,

Gewürgt und aufgehuckt und wie der Blitz
Davongerannt! Nun gut, wir haben dich!
„Dich hüten soll des Styx schwarzherz'ger Fels,
Die blutbetropften acheront'schen Klippen,
Und des Kokytos schweifend wilde Meute,
Die hundertköpfige Echidna soll
Zerfressen dein Gedärm, die Lunge sollen
Tartessische Muränen packen, blutig
Aus dem Gekrös die Nieren zerren die
Teithrasischen Gorgonen, die ich gleich
Hierher zu holen renne, hurtig, hurtig!" *Ab*

Xanthias: Was machst du, Herr?

Dionysos *der sich geduckt hat*: Was ich gegessen, – sag:
Helf Gott!

Xanthias: Mein spaß'ger Herr, so steh doch auf,
Eh' man dich sieht!

Dionysos: Mir wird ohnmächtig: schnell,
Geh, leg mir einen feuchten Schwamm aufs Herz!

Xanthias: Da, nimm!

Dionysos *ihm die Hand führend*:
Leg auf!

Xanthias: Wo? Da? Du guter Gott!
Hast du das Herz da hinten?

Dionysos: Ja, mir fiel
Vor Schrecken in den Unterleib das Herz.

Xanthias: Wo ist ein Gott, ein Mensch so feig wie –

Dionysos: Ich?
Ich feig? Hab' ich denn nicht den Schwamm verlangt?
Das hätt' ein andrer Mann wohl nicht gewagt!

Xanthias: Was denn?

Dionysos: Gerochen hätt' er still, die Memme!
Doch ich stand auf, und – ja, ich wischte mich!

Xanthias: Mein Seel, ein Heldenstück!

Dionysos: Das will ich meinen!
Hast du dich nicht geforcht vor seinem Droh'n
Und Schelten?

Xanthias: Gott bewahr', nicht dran gedacht!

Dionysos: Geh her, du scheinst ein couragierter Bursch:
So sei mal ich und nimm die Löwenhaut
Und Keule, wenn du Herz im Leibe hast;
Ich meinerseits will nun der Träger sein!

Xanthias: Schnell, her damit; am Ende müßt' ich doch!
Und sieh dir den Herakles-Xanthias an,
Ob ich wohl feig bin und ein Bursch wie du!
Nimmt Löwenhaut und Keule

Dionysos: Oh, ganz der Galgenstrick aus Melite!
Gib her, ich lade mir das Bündel auf!

Die Magd der Persephone kommt heraus

Magd: Bist du's, Herakles? Liebster, tritt doch ein!
Die Göttin, wie sie hörte, du sei'st hier,
Buk Kuchen, kochte Bohnenbrei für dich,
Ein, zwei, drei Töpfe, briet 'nen ganzen Stier,
Pasteten machte sie und Striezeln. Komm!

Xanthias: Das läßt sich hören!

Magd: Ja, du darfst durchaus
Mir nicht davon! Sie hat auch junge Hühner
Gebraten, Zuckerwerk und Eingemachtes
Und honigsüße Weine stehn parat;
Komm nur herein!

Xanthias: Vortrefflich!

Magd: Nein, im Ernst,
Du mußt herein! Ein Flötenmädchen auch
Ist drinnen, wunderschön, und Tänzerinnen,
Zwei oder drei –

Xanthias: Was sagst du? Tänzerinnen?

Magd: Ganz glatt und frisch: oh! allerliebste Püppchen!
Komm 'rein! Die Fische wollte schon der Koch
Auftragen; komm, die Tafel ist gedeckt!

Xanthias: So geh und tu den Flötenmädchen drinnen
Vor allen Dingen kund: ich komme gleich!
Magd ab. Zu Dionysos
Und du, mein Junge, folg mir mit dem Pack!

Dionysos: Halt, Kamerad! Du machst doch wohl nicht Ernst,
Weil ich im Scherz Herakles' Tracht dir gab?
Ich sag' dir: keine Possen, Xanthias!
Du nimmst den Pack und trägst ihn wie zuvor!

Xanthias: Wo denkst du hin? Du willst mir nehmen, was
Du mir gegeben?

Dionysos: Nein, 's ist schon geschehn;
Herunter mit der Haut!

Xanthias: Ihr Götter, seid
Mir Zeugen, seht darein!

Dionysos: Was Götter da!
Du hirnverbrannter Narr, du hältst, ein Sklav'
Und Sterblicher, dich für Alkmenes Sohn?

Xanthias: Meinthalb, auch gut! Das ist's! Ich denke wohl,
Du wirst, so Gott will, schon mich wieder brauchen!

Sie wechseln das Kostüm

Chor: Das heißt wie ein Mann gehandelt, der Verstand und Geist besitzt,
Der viel herumgefahren schon

Und nach der allersichersten
Seite stets des Schiffs sich hinrollt und nicht wie ein totes Bild
Ewig steht auf *einer* Stelle! Sich herumzuwenden, wo
Man's bequemer haben kann,
Ziemt wohl einem klugen Manne von Theramenes' Talent!

Dionysos: Wäre das nicht gar zu närrisch, wenn mein Sklave
Xanthias
Auf miles'schen Polstern sich
Tummelte mit der Tänzerin,
Dann das Nachtgeschirr verlangte, und ich hätte zuzusehn,
Spielend mein eignes Instrument,
Und der Spitzbub dies bemerkend
Schlüge dann mit derber Faust
Meiner Zähne Vorderreigen aus den Kiefern mir heraus?

Zwei Wirtinnen kommen gelaufen

Erste Wirtin: Plathane, Plathane!
Komm, komm, da ist er, der verfluchte Schuft,
Der neulich bei uns eingekehrt und sechzehn
Laib Brot uns aufgefressen!

Zweite Wirtin: Meiner Treu,
Das ist er!

Xanthias: Einen weiß ich, dem geht's schlecht!

Erste Wirtin: Und obendrein die zwanzig Kreuzerwürstchen
All' miteinander!

Xanthias: Einer wird das büßen!

Erste Wirtin: Und all den Knoblauch!

Dionysos: Weibsbild, bist du toll?
Was faselst du?

Erste Wirtin: Ha, ha, du glaubst, weil du
Kothurne trägst, ich kenne dich nicht mehr?

Zweite Wirtin: Ja, und vom Pökelfleisch hab' ich noch nichts
Gesagt, o weh! und von dem frischen Käs,
Den er mir samt den Körben hat verschluckt.
Und als ich dann die Zeche machte, sah
Er barsch mich an und brüllte wie ein Stier!

Xanthias: Das sieht ihm gleich, so macht' er's überall!

Zweite Wirtin: Und zog den Säbel, grade wie verrückt!

Xanthias: Du armes Ding!

Zweite Wirtin: Wir beide sprangen, fast
Erschrocken, schnell die Bodentrepp' hinauf:
Da riß er aus und nahm das Tischtuch mit.

Xanthias: Ganz seine Art! Doch jetzt müßt ihr euch rühren!

Erste Wirtin *zur zweiten*:
Geh, ruf mir doch zum Beistand Kleon her!

Zweite Wirtin: Und du Hyperbolos, wenn du ihn findest! –
Dem kochen wir's!

Erste Wirtin: Du Teufelsrachen, wart!
Mit Steinen schlag' ich das Gebiß dir ein,
Womit du mir die Wirtschaft ausgefressen!

Zweite Wirtin: Ich schmeiße dich hinab ins Schinderloch!

Erste Wirtin: Ich schneide mit dem Küchenmesser dir
Die Gurgel auf, die meine Wecken fraß!
Zum Kleon geh' ich jetzt, der haspelt dir
Vor Amt das alles wieder aus dem Bauch!

Beide ab

Dionysos *zu Xanthias*:
Ich will verdammt sein, wenn ich dich nicht liebe!

Xanthias: Versteh', verstehe! Gib dir keine Müh',
Ich werde kein Herakles mehr!

Dionysos: Sei klug,
Mein Xanthias'chen!

Xanthias: „Ich, ein Sterblicher
Und Sklave, soll Alkmenes Sohn mich nennen?“

Dionysos: Ich weiß, ich weiß ja! Du bist bös, mit Recht,
Und schlügst du mich, ich sagte nichts dawider;
Und nehm' ich je die Haut dir wieder ab,
Dann hol' der Henker mich mit Kind und Kegel
Und Archedem, das Triefaug', obendrein!

Xanthias: Das ist ein Schwur, den lass' ich mir gefallen!

Sie kleiden sich wieder um

Chor *zu Xanthias*:

Jetzo ist es deine Sorge, weil du wieder dein Kostüm,
Das du vorhin trugst, bekommen,
Dich für immer zu verjüngen,
Wieder grimmig dreinzuschauen, jenes Gottes eingedenk,
Den du vorstellst. Machst du aber wieder dummes Zeug und tust
Etwa kleinlaut und empfindlich,
Dann natürlich kriegst du wieder auf den Rücken deinen Pack!

Xanthias: Euer Zuspruch ist vernünftig, Männer, ja ich selber hab'
Eben just mir's auch bedacht.
Freilich, zeigt sich dann was Beßres,
Ja, dann weiß ich wohl, dann zieht er wieder mir das Fell vom Leib!
Immerhin, ich zeige meinen
Angestammten Mut und sehe
Grad wie Sauerampfer drein!
Und das ist vonnöten, glaub' ich: – knarren hör' ich schon das Tor!

Aiakos mit ein paar Knechten kommt wieder heraus

Aiakos: Schnell bindet mir den Hundedieb, der soll
Mir büßen! Hurtig!

Dionysos: Da geht's einem schlecht!

Xanthias: Wollt ihr zum Henker? Weg da!

Aiakos: Ha, der wehrt sich!
He, Ditylas, Skeblias, Pardokas,
Kommt her und boxt einmal den Kerl mir nieder!

Dionysos: Ist das nicht ganz abscheulich, einen prügeln,
Weil er ein bißchen stahl?

Xanthias: Enormes Unrecht!

Aiakos: Abscheulich, ja, entsetzlich!

Xanthias: Hol' mich der
Und jener, wenn ich jemals hier gewesen
Und nagelsgroß auch nur gestohlen hab'!
Sieh her, ich will ganz ehrlich mit dir handeln!
Nimm meinen Burschen da und foltre den,
Und findest du mich schuldig, schlag mich tot!

Aiakos: Ihn foltern? Wie?

Xanthias: Wie du willst! Bind' ihn auf
Die Leiter, häng' ihn, peitsch' ihm mit dem Haarseil
Die Haut vom Leibe, schraub' ihn, gieß ihm Essig
Ins Nasloch, glühend Eisen – alles gleich,
Nur peitsch' ihn nicht mit Lauch und Zwiebelröhrchen!

Aiakos: Ein billig Wort! Und schlag' ich dir den Kerl
Zum Krüppel – hier das Geld für deinen Schaden!

Xanthias: Pah! Schlepp ihn ohne weiters fort zur Folter!

Aiakos: Nein, hier! Er soll dir zeugen ins Gesicht!
Zu Dionysos
Leg ab den Pack, geschwind, und daß du mir
Nicht Lügen sagst!

Dionysos: Verwarnt sei jedermann,
Mich nicht zu foltern: denn ich bin ein Gott!
Geschieht's, dann magst du sehen –

Aiakos: Was? Du sagst –

Dionysos: Unsterblich bin ich, Zeus' Sohn, Dionysos!
Der ist mein Sklave!

Aiakos *zu Xanthias*: Hörst du?

Xanthias: Alles hör' ich:
Ich sag' euch, peitscht ihn um so derber durch:
Ist er ein Gott, so spürt er nichts davon!

Dionysos *zu Xanthias*:
Und du, der du ja auch zum Gott dich machst,
Warum erhältst du Prügel nicht wie ich?

Xanthias *zu Aiakos*:
Ein billig Wort! Und wen von uns zuerst
Du weinen hörst und winseln bei den Schlägen,
Von diesem glaube fest: er ist kein Gott!

Aiakos: Ich muß gestehn, du bist ein Ehrenmann
Und tust, was recht und billig! – Zieht euch aus!

Sie tun es

Xanthias: Wie machst du's, daß du richtig aufzählst?

Aiakos: So:
Dir einen Hieb, dann ihm, dann dir! –

Xanthias: Nicht übel!
Nun schau mal her, ob du mich zucken siehst!

Aiakos schlägt zu

Aiakos: Du hast dein Teil!

Xanthias *als hätte er nichts gespürt*:
Noch nicht!

Aiakos: Fast glaub' ich's selbst:
Jetzt muß der andre dran! *Schlägt*

Dionysos *ebenso*: Wann krieg' denn ich?

Aiakos: Du hast!

Dionysos: Gekitzelt, nicht einmal zum Niesen!

Aiakos: Meintwegen; muß jetzt nach dem andern sehn!

Xanthias: Mach fort! Ah, ah, ah, ah!

Aiakos: Was soll das Ah?
Tut's weh?

Xanthias: O nein, ich dachte, wann das nächste
Heraklesfest in Diomeia fällt.

Aiakos: Ein frommer Mensch! – Zum andern jetzt hinüber!

Dionysos: Uh, uh!

Aiakos: Was ist dir?

Dionysos: Nichts; dort seh' ich Ritter!

Aiakos: Was weinst du denn?

Dionysos: Ich rieche Zwiebeln hier!

Aiakos: Du machst dir nichts daraus?

Dionysos: Was tut mir das?

Aiakos: So muß ich wieder zu dem andern hin!

Xanthias: Au, au!

Aiakos: Was gibt's?

Xanthias *streckt den Fuß hin*: Zieh doch den Dorn mir 'raus!

Aiakos: Was soll das sein? – Zum andern wiederum!

Dionysos: Apoll! – „in Delos thronend und in Pytho!"

Xanthias: Hast du gehört? Er schrie vor Schmerz!

Dionysos: Wer, ich?
Ein Vers'chen von Hipponax fiel mir ein!

Xanthias: So geht es nicht; zerbleu ihm jetzt den Wanst!

Aiakos: Ja, meiner Seel, den Bauch her, streck ihn her!
Schlägt ihn drauf

Dionysos: Poseidon –

Xanthias: Ha, das beißt!

Dionysos: – „Der du waltest am ägäischen
Gestad und in des blauen
Meeres tiefem Schoß!"

Aiakos: Verdammt, ich bring' es absolut nicht 'raus,
Wer von euch zwei'n der Gott ist! Geht hinein!
Mein Herr, der wird euch gleich erkennen, oder
Persephone: die sind ja beide Götter!

Dionysos: Da hast du recht; nur wünscht' ich, daß du dies
Getan, bevor du mir die Prügel gabst!

Alle ab

Chor: Schweb' ob den heil'gen Chören, o Muse, leih
Meinen begeisterten Liedern ein gnädig Ohr,
Komm und beschaue des Volkes Gedränge, wo
Kenner und Richter die Unzahl sitzen,
Eingebildeter noch als Kleophon,
Dem auf geschwätziger Lippe
Widerlich zwitschert und schnarrt
Eine thrakische Schwalbe,
Auf barbarischem Ast sich wiegend;
Weinerlich girrt er der Nachtigall gleich:
Denn verloren ist er
Selbst bei Stimmengleichheit!

Chorführer: Wohl geziemt's dem heil'gen Chore, was dem Staate frommen mag,
Anzuraten und zu lehren. Und vor allem, meinen wir,
Sollten gleich die Bürger werden und verbannt die Schreckenszeit.
Wer gestrauchelt, weil ihm tückisch Phrynichos ein Bein gestellt,
Freistehn, mein' ich, sollt' es jedem, der sich damals hat verfehlt,
Durch Rechtfertigung zu tilgen vor'ger Zeit Vergehungen.
Ferner, denk' ich, ehr- und rechtlos sollt' im Staate keiner sein.
Schande wär's, wenn jeder, der nur *eine* Seeschlacht mitgemacht,
Gleich Plataier würd' und, eh'mals Sklave, nun ein freier Herr, –
Was an sich ich ganz und gar nicht ungehörig nennen will,
Nein, ich lob' euch drum, es ist das einz'ge, was ihr klug gemacht –
Billig müßt ihr nur auch denen, die, wie ihre Väter schon,
Oft mit euch zur See gefochten, die euch stamm- und blutsverwandt,
Übersehn den *einen* Unfall, wenn sie bittend euch sich nahn!
Nun, wohlan, vergeßt des Zornes, klug und weise, wie ihr seid,
Laßt als Brüder denn uns jeden ohne Rückhalt an uns ziehn
Und als ehrlich und als Bürger, wer mit uns zur See gekämpft!
Wenn wir mit den Bürgerrechten vornehm tun und stolz uns

blähn
Jetzo, wo „im Arm der Wogen“ hin und her uns wiegt der Sturm,
Dann wird von der Nachwelt unsrer Einsicht wenig Lob gezollt!

Chor: „Hab' ich Geschick zu durchschauen der Männer Art“,
Leben und Sitten, die bald aus dem letzten Loch
Pfeifen, so treibt's auch der Affe nicht lange mehr,
Der so rumort jetzt, der winzige Kleigenes,
Der abscheulichste Bader von allen, so viel
Walten des aschegemengten,
Verpfuscht salpetrigen Staubs
Und kimolischer Seifenerd'!
Daß es ihm schlecht ergeht, weiß er und lebt darum
Stets auf dem Kriegsfuß und geht, um im Rausche nicht
Ausgezogen zu werden, nie
Aus ohne Knüttel!

Chorführer: Oftmals hat es mir geschienen: unserm Staat ergeht es ganz
Ebenso mit seinen besten Bürgern, jedes Lobes wert,
Wie es mit der alten Münze und dem neuen Golde geht;
Denn auch jene, die doch wahrlich weder falsch ist noch zu leicht,
Ja, die unter allen Münzen, die ich weiß, die beste ist
Und allein ein gut Gepräge trägt und Klang und Geltung hat

Unter den Hellenen allen und im Ausland überall:
Jene braucht ihr nicht mehr, sondern dieses schlechte Kupfergeld,
Gestern oder ehegestern ausgeprägt, von schlechtem Klang!
Bürger, die wir kennen, edel von Geburt und einsichtsvoll,
Männer redlichen Charakters, makellos, gerecht und gut,
Wohlgeübt im Kampf, in Chören und in jeder Musenkunst,
Die verschmäh'n wir, und das Kupfer: Pyrrhiasse, Fremdlinge,
Schurkensöhn' und Schurken brauchen wir zu allem, Burschen, die
Kaum zur Stadt hereingekommen, die man hier zu anderer Zeit
Nicht gebraucht als Sündenböcke hätte bei dem Sühnungsfest!
Aber jetzo, ihr Betörten, ändert jetzt noch euren Sinn,
Braucht die Guten euch zum Besten; bleibt ihr glücklich, nun, dann habt
Ihr's verdient, und kommt ein Unfall, steht ihr nicht wie Rohr im Wind!
Was ihr tragt, ihr tragt es männlich, und euch lohnt der Weisen Lob!

Vierte Szene

Aiakos, Xanthias, der Chor

Aiakos: So wahr ich leb', ein wahrhaft edler Mann
Ist doch dein Herr –

Xanthias: Ein Edler? Das versteht sich:
Im Zechen und im Schwächen ist er Meister!

Aiakos: – Daß er dich nicht gepeitscht, wie du ihm unter
Die Nase logst, du, Sklave, seist der Herr!

Xanthias: Das wär' ihm schlecht bekommen!

Aiakos: Ehre machst
Du unserm Stand; ich treib' es ebenso!

Xanthias: Auch du?

Aiakos: Mir ist's 'ne wahre Seligkeit,
So in den Bart auf meinen Herrn zu fluchen.

Xanthias: Und im Hinausgehn nach empfangnen Prügeln
Noch brummen? Gelt?

Aiakos: Auch das ist süßer Trost!

Xanthias: Und naseweis –

Aiakos: Das geht mir über alles!

Xanthias: O Sympathie! – Zu horchen, was die Herrschaft
Bespricht?

Aiakos: Da bin ich außer mir vor Wonne!

Xanthias: Und auf der Gass' es auszuplaudern?

Aiakos: Sieh,
Nichts köstlicher! Das schmeckt mir wie 'ne Dirne!

Xanthias: Komm, Bruderherz, gib mir die Hand, schlag ein
Und laß dich küssen, küsse mich und sprich,
Bei Zeus, dem Gott der Prügelbrüderschaft – –
Horcht
Was gibt's da drinnen für Geschrei und Lärm?
Wer zankt?

Aiakos: Euripides und Aischylos!

Xanthias: Aha!

Aiakos: Geschichten, schreckliche Geschichten
Sind los im Totenreich, gewalt'ger Aufruhr!

Xanthias: Weshalb?

Aiakos: Es ist Gesetz bei uns hier unten,
Daß, wer in einer schweren, edlen Kunst
Der Beste seiner Kunstgenossen ist,
Der kriegt im Prytaneion freie Kost
Und thront zunächst bei Pluton.

Xanthias: Ich versteh'!

Aiakos: Bis dann ein andrer kommt, der Größres noch
Geleistet; diesem tritt er ab den Thron.

Xanthias: Was lärmt denn nun der Aischylos da drinnen?

Aiakos: Er hatte just den tragischen Ehrensitz
Als Meister seiner Kunst.

Xanthias: Wer hat ihn jetzt?

Aiakos: Nun kam Euripides und trat sogleich
Vor Beutelschneidern, Taschendieben, Gaunern
Und Vatermördern deklamierend auf.
Der Kerls ist hier die Meng': die riefen gleich,
Von seinen Pro und Kontras, Schlüssen, Kniffen
Ganz hingerissen, ihn als Meister aus.
Das blies ihn auf, er forderte den Thron
Des Aischylos –

Xanthias: Und wurde nicht gesteinigt?

Aiakos: O nein! Der Pöbel schrie: ›Ein Schiedsgericht
Soll sprechen, wer der größte Künstler ist!‹

Xanthias: Schrie das Gesindel so?

Aiakos: Daß Erd' und Himmel
Erbebten!

Xanthias: Und wer stritt für Aischylos?

Aiakos: Die Bessern sind auch hier gar dünn gesät.

Xanthias: Und was gedenkt denn Pluton jetzt zu tun?

Aiakos: Schnell anzuordnen Wettkampf, Schiedsgericht
Und Prüfung ihrer Kunst.

Xanthias: Wie kommt es denn,
Daß Sophokles den Thron nicht angesprochen?

Aiakos: Wie? Sophokles? Der küßte Aischylos
Gleich wie er kam, und drückt' ihm warm die Hand,
Und jener bot ihm an den Ehrensitz:
Doch woll' er, so erzählt Kleidemides,
Im zweiten Gliede stehn; wenn Aischylos
Gesiegt, zufrieden sein, im andern Fall
Sich dem Euripides als Gegner stellen.

Xanthias: Und nun, was weiter?

Aiakos: Ei, der Tausend! Gleich
Hier auf der Stelle bricht das Wetter los!
Nach Unzen wird die Dichtkunst hier gewogen.

Xanthias: Nach Apothekerbrauch? Glück zu, Tragödie!

Aiakos: Sie bringen Ell' und Zollstab für die Verse
Und Ziegelformen, sie hineinzupassen,
Und Winkelmaß und Zirkel; messen wird
Euripides das Drama Vers für Vers.

Xanthias: Das wird dem Aischylos verdrießlich sein!

Aiakos: Wild, vorgeneigt, ein Kampfstier sah er drein!

Xanthias: Wer soll denn richten?

Aiakos: Schwierig war die Wahl.
An kunstverständ'gen Männern mangelt's hier;
Athener selbst verbat sich Aischylos!

Xanthias: Er hält die meisten wohl für Diebsgesindel!

Aiakos: Ja, und den Rest für Narren, nicht befähigt,
Talent und Kunst zu würd'gen. Also trugen
Sie deinem Herrn es auf, als großem Kenner.
Doch komm herein; denn wenn die Herrn in Eifer
Geraten, gibt's für unsereins nur Püffe.

Beide ab

Chor: Wahrlich, der donnernde Mann wird schrecklich im Herzen ergrimmen,
Sieht er den spitzigen Schwätzer, den Feind, zum entscheidenden Kampfe
Wetzen den Zahn; in erhabenem Ingrimm die Augen
Rollen wird er fürchterlich;

Sausende Worte wird's setzen und helmumflatternde Verse,
Splitter und Hobelspän' und künstlich gedrechselte Schnitzel,
Wenn des gewaltigen Meisters sich bäumende Rede
Jener Mann parieren wird!

Sträubend die zottige Mähne des nackenumwallenden Haupthaars,
Runzelnd die borstigen Brauen wird klobengenietete Worte

Brüllend er schleudern, wie Bretter, heruntergerissen,
Schnaubend mit Titanenwut!

Allzeitfertig wird dann und silbenstechend die glatte
Zunge Geschwätz aufwirbeln und tückisch im Kreise sich drehen,
Worte zerspalten, wie Haar, und zerhacken des Riesen
Heldenarbeit kurz und klein!

Fünfte Szene

Aischylos, Euripides, Dionysos, Pluton** auf dem Thron, **der Chor

Euripides: Der Ehrensitz ist mein, ich lass' ihn nicht;
Nicht er, ich bin der Meister der Tragödie!

Dionysos: Was schweigst du, Aischylos? Du hörst ihn doch?

Euripides: Erst tut er feierlich, so wie er stets
In seinen Stücken grandios sich spreizt!

Dionysos *zu Euripides*:
Hör, Menschenkind, du nimmst den Mund zu voll!

Euripides: Ich kenn' ihn, ich durchschaut' ihn längst, den Schöpfer
Der Ungeheuer, den Posaunenmund,
Unbändig reißend ohne Zaum und Zügel,
Aufsprudelnd, wortgebälkverklammerungskundig!

Aischylos: „Ha, Sohn der Göttin vom“ Gemüsemarkt,
Mir das von dir, du Bühnenlumpensammler,
Du Bettelbrutaushecker, Fetzenstückler!
Dein Wort soll dich verderben!

Dionysos: Aischylos,
Hör auf, erhitze dir die Galle nicht!

Aischylos: Nein, nein, entlarven will ich erst den Vater
Der Krüppelhelden, der so frech mir trotzt!

Dionysos *zum Gefolge*:
Ein Lamm, ihr Sklaven, bringt ein schwarzes Lamm,
Es steigt ein gräßlich Ungewitter auf!

Aischylos *zu Euripides*:
Du, der du Hurenmonologe schmiedest
Und in der Kunst die Blutschand' eingeschwärzt!

Dionysos: Halt ein, geehrter Meister Aischylos!
Und du geschlagner Mann, Euripides,
Weich aus dem Hagelwetter, sei gescheit,
Eh' er mit einem Kernwort dir das Hirn
Zerschlägt, daß dir der ›Telephos‹ herausspritzt!
Du aber, prüfe ruhig, Aischylos,
Und laß dich prüfen! Dichtern will's nicht ziemen,
Sich auszuschimpfen wie die Hökerweiber.
Du knatterst gleich wie Eichenholz im Feuer!

Euripides: Ihr Herrn, ich bin bereit zu packen oder
Dem Packan preiszugeben Reden, Verse,
Gespräch' und Chöre, der Tragödien Nerv,
Den ›Peleus‹, ›Meleagros‹, ›Aiolos‹,
Ja, bei den Göttern, auch den ›Telephos‹.

Dionysos: Sprich, Aischylos, was denkst du zu beginnen?

Aischylos: Hier unten wünscht' ich freilich nicht zu kämpfen:
Denn ungleich ist der Kampf für uns.

Dionysos: Wieso?
Aischylos: Nicht tot mit mir ist meine Poesie;
Die seine ist's mit ihm, er nahm sie mit!
Jedoch, du willst es, und ich füge mich.

Dionysos *zu den Sklaven*:
Nun denn, so bringt mir Weihrauch her und Kohlen,
Auf daß ich, opfernd vor dem Dichterkampf,
Mir kritische Erleuchtung mag erflehn!
Zum Chor
Ihr aber stimmt ein Lied den Musen an!
Er opfert das Lamm, das man gebracht

Chor: Musen, ihr neun jungfräuliche, reine
Töchter des Zeus, die ihr schaut auf die witzigen, spitzigen Geister
Mückenseihender Männer, sooft sie mit künstlich geschraubten,

Scharf einschneidenden Worten im heißen Kampf sich
begegnen,
Naht euch und staunet der Zungengewalt
Dieses erhabenen Paars!
Schmetternde Worte verleiht,
Verse gekräuselt und glatt:
Denn aufeinander im Kampf
Prallen jetzt mächtig die zürnenden Dichter!

Dionysos *nachdem er geopfert*:
Ihr beiden, betet ihr auch, eh' ihr kämpft!

Aischylos *opfernd*:
Demeter, die du meinen Geist befruchtest,
Gib, daß ich deiner Weihen würdig sei!

Dionysos *zu Euripides*:
Nun opfre du auch Weihrauch!

Euripides: Danke schön:
Denn andre Götter sind's, die ich verehre!

Dionysos: Besondre, neu geprägt von dir?

Euripides: So ist's.

Dionysos: So bete du zu deinen eignen Göttern!

Euripides *betend*:
O Äther, meine Speise, Zungenspitze,

Und du, o Witz, du spürsam feine Nase,
Laßt Wort für Wort mich gründlich widerlegen!

Chor: Ja, auch wir verlangen sehnlich
Von den weisen Meistern zu hören
Feindlich sich kreuzender Worte Geräusch;
Wilde Kampflust rührt die Zungen,
Beiden schwillt die Brust von stolzem Heldenmut und kühnem Zorn;
Nun, da läßt sich schon erwarten
Von dem einen feine Rede, wohlstudiert und ausgefeilt,
Von dem andern Urwaldworte,
Mit der Wurzel ausgerissen
Und geschleudert nach dem sandigen
Wortkram, der im Wind zerstiebt!

Dionysos: Beginnt einmal zu reden jetzt, doch witzig, möcht' ich bitten;
Laßt alle schalen Bilder weg und bringt nichts Ordinäres!

Euripides: So mag von meiner Poesie und was ich selbst geleistet,
Zuallerletzt die Rede sein. Erst will ich dem beweisen,
Daß er ein wind'ger Prahler war, und wie er übertölpelt
Das Publikum, das Phrynichos zur Dummheit auferzogen.
Gleich anfangs setzt' er tief vermummt Personen hin, Achilleus
Und Niobe, bei denen nichts zu sehn ist vom Gesichte,
Tragödienpuppen, weiter nichts, die auch nicht so viel mucksten!

Dionysos: Beileibe, nein!

Euripides: Der Chor bestürmt' in Liedern, eins aufs andre
Gepackt, oft viermal, die Pagod'; allein sie schwieg noch immer!

Dionysos: Ei, mir gefiel das Schweigen sehr und freute mich nicht minder
Als jetzt das Schwatzen!

Euripides: Unter uns gesagt, da warst du albern!

Dionysos: Mag sein, ich glaub' es selbst. Allein, warum wohl tat er solches?

Euripides: Effekt, Effekt! Damit das Volk dasaß' in voller Spannung:
Wann Niobe wohl reden wird? Das Stück indes ging weiter.

Dionysos: Der schelmische Patron, wie hat er mich so oft betrogen!
Zu Aischylos
Was reckst du so ergrimmt den Hals?

Euripides: Weil ich den Fleck getroffen!
Und hat er dann euch g'nug geäfft, so in des Dramas Mitte
Wirft er ein Dutzend Wörter hin mit Hörnern und mit Klauen,
Recht ochsenmäßig, fürchterlich gespenstig, ungeheuer
Und völlig unverständlich.

Aischylos: Ha, mir dieses?

Dionysos: Still, mein Bester!

Euripides: Kein Mensch begriff ein Wort!

Dionysos *zu Aischylos*: So laß doch sein das Zähneknirschen!

Euripides: Skamandre gab's und Wälle nur und ausgereckt auf Schilden
Erzbilder: Greifenadler, und halsbrechend steile Worte,
Höchst mühsam zu enträtseln.

Dionysos: Ja, bei Gott mir ist's begegnet,
Daß „eine lange, lange Nacht ich schlaflos nachgegrübelt",
Zu welcher Vogelspezies man zählt den gelben Roßhahn!

Aischylos: Ein Zeichen war's, du Ignorant, gemalt am Bug des Schiffes!

Dionysos: So, so? Ich hielt ihn für den Sohn Philoxenos', Eryxis!

Euripides: Ist die Tragödie denn der Mist, um Hähne drauf zu setzen?

Aischylos: Was hast denn du nicht alles frech ihr aufgehängt, Verfluchter?

Euripides: Roßhähne nicht, Bockhirsche nicht, wie du getan, dergleichen
Auf persischen Tapeten wohl und Teppichen zu finden!
Wie ich aus deinen Händen einst die Poesie empfangen,
Voll ungenießbaren Bombasts, pausbäckig aufgedunsen,
Gleich nahm ich sie und hielt sie kurz, die Taille ihr zu

mindern,
Durch Wasserkur und Leiertand, Spazierengehn – und Säftchen,
Aus feinem Umgang destilliert und abgeseiht aus Büchern.
Ich gab ihr Monodieen und Kephisophon zu essen;
Ich schwatzte nicht, wie's eben kam, noch mischt' ich Dick und Dünnes;
Wer in die Szene trat, den ließ ich Haus und Stammbaum nennen
Fürs ganze Drama.

Dionysos: Besser doch, als nannt' er deinen eignen!

Euripides: Sodann vom ersten Vers an ließ ich niemand müßig stehen,
Und reden mußte mir die Frau, und reden selbst der Sklave,
Es sprach der Mann, die Jungfrau sprach, das alte Weib –

Aischylos: Und hast du
Nicht schon für das den Tod verdient?

Euripides: Bewahr' uns Gott Apollon!
Nur demokratisch handelt' ich.

Dionysos: Mein Lieber, laß das ruhen,
Denn die Materie führt dich gar zu häufig in die Sümpfe!

Euripides: Das Volk hier hat bei mir allein gelernt zu sprechen –

Aischylos: Freilich,
Und wie? O wärst du, eh' du sie gelehrt, entzweigeborsten!

Euripides: Sich schulgerecht zu bilden, scharf die Reden auszuzirkeln,
Verstehn, bemerken, denken, sehn, belisten, liebeln, ränkeln,
Argwöhnen, achselzucken und vorsichtig lauschen –

Aischylos: Freilich!

Euripides: Ich gab die ganze Häuslichkeit, worin wir sind und leben,
Und stellte der Kritik mich bloß: denn jeder ist befähigt,
Hierin zu richten meine Kunst. Ich wollte nicht posaunen,
Nicht das Verständnis hemmen und betäuben durch Geschöpfe
Wie Kyknos oder Memnon auf dem Prasselschellenrößlein!
Und leicht erkennen wird man sein' und meiner Schule Jünger:
Phormisios, der Magnesier, Megainetos die Seinen,
Blitzhageldonnerwetterkerls, Steineichenstämmentwurzler;
Doch meine Schüler: Kleitophon, Theramenes, der feine –

Dionysos: Theramenes? – Ein kluger Mann, gewandt in allen Stücken,
Der, fallen seine Würfel schlecht, und sitzt er in der Patsche,
Sich stets herauszuwinden und – dem Glück weiß nachzuhelfen!

Euripides: Auf solche Weisheit allerdings
Hab' ich die Bürger eingeschult,
Indem ich Scharfsinn und Räson
Der Kunst verlieh, daß regelrecht

Jedweder denkt und rationell
Nun Haus und Hof und Vieh bestellt,
Wie er es früher nie getan,
Und sorgsam forscht: Wie steht's mit dem?
Wo find' ich dies? Wer nahm mir das?

Dionysos: Kein Wunder, wenn nun jeglicher
Athener, wie er tritt ins Haus,
Scharf sein Gesind' examiniert
Und tobt: ›Wo ist der irdne Topf?
Wer hat den Heringskopf verzehrt?
Der Wasserkrug vom vor'gen Jahr
Geht auch nicht mehr zum Brunnen, scheint's?
Wo ist der Lauch von gestern hin?
Auch die Oliv' ist angenagt!‹ –
Sonst saß der Mann ganz albern da,
Ein Muttersöhnchen, offnen Mauls,
Ein wahres Zuckerpüppchen!

Chor: „Hast du gesehn, glorreicher Achilleus?"
Sprich, was willst erwidern dem Mann?
Daß dich nur dein Ungestüm
Aus den Schranken nicht hinausreißt,
Da er dich so hart beschuldigt!
Siehe zu, du stolzer Geist,
Daß du ruhig ihm begegnest
Und mit eingerefften Segeln

Über glatte Wogen fährst;
Stärker magst du vorwärts steuern,
Wenn du erst beständ'gen Windes
Sanften Hauch gewonnen hast!

Chorführer: Wohlauf nun, du Erster hellenischen Stamms, der erhabene Worte getürmt hat
Und aufgeputzt das tragische Spiel, eröffne die Schleusen dem Waldstrom!

Aischylos: Es empört mich, *dem* gegenüberzustehn, und es kocht mir das Blut in den Adern,
Daß ich diesem ein Wort nur erwidern soll: doch er könnte mein Schweigen verleumden!
Nun denn, so gib mir auf *eines* Bescheid: Was erwirbt dem Poeten Bewund'rung?

Euripides: Talent und Geschick und moralischer Zweck, begeisterter Eifer, die Menschen
Im Staate zu bessern!

Aischylos: Doch wie, wenn *du* das Entgegengesetzte gewirkt hast
Und Menschen, bieder und ehrenwert, in erbärmliche Wichte verwandelt,
Was glaubst du dafür zu verdienen?

Dionysos: Den Tod! Wer wird erst noch lange da fragen?

Aischylos: So betrachte die Menschen, in welcher Gestalt von mir er zuerst sie bekommen:

Grundedler Natur, vierschrötig und stark, nicht Hasenpanierpatrioten,
Nicht Pflastertreter und Gaukler wie jetzt, Klatschweiber, durchtriebene Schelme,
Nein: Speerwucht schnaubend und Lanzengewalt, weißbuschige Pickelhauben,
Beinschienen und Panzer und Waffengeklirr und „siebenstierhäutigen“ Kriegsmut!

Euripides: Das Ding wird bedenklich, er hämmert entzwei mir den Schädel mit Helmen und Hauben!

Dionysos: Und du, was hast du getan, um solch grundedle Naturen zu schaffen?

Dionysos: Sprich, Aischylos, sprich und trotze nicht stumm in eigensinnigem Ingrimm!

Aischylos: Ein Drama schuf ich „des Ares voll“.

Dionysos: Das wäre?

Aischylos: ›Die Sieben vor Theben!‹
Und jeglicher Mann, der dieses geschaut, entbrannte, dem Feind zu begegnen.

Dionysos: Ein sauberer Dienst, den du uns erwiest: denn rüstiger hast du zum Kriege
Und tapfrer die Männer von Theben gemacht und verdientest für solches die Peitsche!

Aischylos: Ihr könntet euch üben so gut wie sie, doch kam euch an dies kein Gedanke.
Dann hab' ich ›die Perser‹ euch vorgeführt und, der Taten erhabenste feiernd,
Die Bürger den Weg der Ehre geführt, zu trotzen jeglichem Gegner!

Dionysos: Wie freut' ich mich nicht, da die Botschaft kam von dem Tode des großen Dareios
Und der Chor: klatsch! klatsch! sich die Hände zerschlug und ›Juhu!‹ begann zu krakeelen!

Aischylos: Denn Tatkraft wecken muß der Poet! Durchmustre sie alle von Anfang,
Die edelsten Dichter, wie nützlich sie stets dem gemeinen Besten gewesen:
Orpheus, der uns heilige Weihen gelehrt und die Scheu vor blutigen Taten;
Musaios brachte die Heilkunst uns und Orakel; vom Pflügen und Säen
Und Ernten berichtet Hesiodos uns; der göttliche Sänger Homeros,
Was hat ihn zu höchsten Ehren gebracht, als daß er zur Lehr' uns beschrieben
Die Stellung der Heere, der Helden Kraft und die Waffen der Männer?

Dionysos: Das hat er
Pantakles, den Linkischen, nicht gelehrt, der neulich als Führer des Festzugs
Den Helm auf den Kopf sich setzt' und den Busch dann drüber zu stecken sich quälte.

Aischylos: Viel andere tüchtige Männer doch, den Lamachos drunter, den Heros!
Von solchem Gepräg' erschuf mein Geist der Heldengestalten die Menge:
Wie Patroklos, Teukros, das Löwenherz, auf daß ich die Bürger erweckte,
Nach solchem Maß sich zu strecken, sobald sie die Kriegsdrommete vernähmen.
Doch nie, bei Zeus, hab' ich Hurengezücht, Stheneboien und Phaidren gedichtet:
Ja, mag mir einer ein liebendes Weib in meinen Tragödien zeigen!

Euripides: Aphrodite freilich, die war dir fremd!

Aischylos: Und soll es auch ewig mir bleiben!
Auf dich und die Deinen, o freilich, da ließ sie in aller Breite sich nieder;
So hat sie dich selber heruntergebracht.

Dionysos: Ja, ja, so ist die Geschichte,
Denn was du erdichtet von anderen Frau'n, das hat dich ja selber betroffen!

Euripides: Was haben dem Staat, du Verwegener, denn
Stheneboia und Phaidra geschadet?

Aischylos: Daß ehrlicher Männer ehrliche Frau'n den
Schierlingsbecher getrunken,
Betört durch dich und in Schande gestürzt durch deine
Bellerophonten!

Euripides: Und war denn nicht vor mir die Sage schon da von
Phaidra? Hab' ich sie ersonnen?

Aischylos: Sie war es, gewiß! Doch Schändliches soll sorgfältig
verhüllen der Dichter,
Nicht ans Tageslicht ziehn und öffentlich gar aufführen: denn
was für die Knaben
Der Lehrer ist, der sie bildet und lenkt, das ist für Erwachs'ne
der Dichter.
Nur das Treffliche dürfen wir singen.

Euripides: Und du, wenn du Riesengebirge von Worten
Auftürmst und lauter Parnasse sprichst, heißt das wohl, das
Treffliche singen?
Man muß doch menschlich auch reden!

Aischylos: O du Verblendeter, muß ich für große
Gedanken, Entschlüsse nicht Worte zugleich mir erschaffen
von gleichem Gewichte?
Und es ziemt sich auch wohl, daß der Halbgott stets in
gewaltigen Worten sich ausspricht,

So wie er denn prächtiger auch als wir und reicher erscheint in Gewändern.
Das alles, wofür ich das Rechte gezeigt, du hast es verdorben!

Euripides: Wieso denn?

Aischylos: Indem du erbärmlich mit Lumpen behängt die Könige, nur um zu rühren
Die Herzen des Volks.

Euripides: Und mit solcherlei hätt' ich Schaden gestiftet? Wieso denn?

Aischylos: Du verführtest die Reichen, daß keiner mehr gern dreirudrige Schiffe will rüsten
Und, über und über in Lumpen gehüllt, lamentiert, wie er bettelhaft arm sei.

Dionysos: Beim Wetter, ja, und doch trägt er ein Kleid von der teuersten Wolle darunter
Und taucht, wenn er durch in den Lumpen sich log, dann wieder empor auf dem Fischmarkt!

Aischylos: Dann ferner hast du die Bürger gelehrt, sich aufs Plaudern und Faseln zu legen:
Das hat die Palaistra entvölkert und wund die Hintern mit Sitzen gerieben
Den zungenfertigen, jungen Herrn, und aufgewiegelt das Schiffsvolk
Zum Widerspruch gegen die Obern. Ja, zur Zeit, wo ich lebte,

da wußten
Sie weiter noch nichts als um Zwieback zu schrei'n und
›Hoiho!‹ wacker zu rufen.

Dionysos: Weiß Gott! Und dem hintersten Ruderknecht ins
Angesicht Winde zu jagen,
Bei Tisch zu beschmutzen den Nebenmann, und an Lande zu
rauben und plündern!
Räsoniert wird jetzt und gefaulenzt an Bord,
Und kreuz und quer in der Irre geschifft!

Aischylos: Was hat er nicht alles verdorben zumal!
Und hat er nicht Kuppler uns vorgeführt,
Gebärende Weiber im Tempelraum,
Und Schwestern, mit leiblichen Brüdern gepaart,
Und Leute, die sagen: das Leben sei Tod?
Durch all das hat er die Stadt uns gefüllt
Mit Rechtsagenten und Schreibergeschmeiß,
Volksaffen, Schmarotzern mit wedelndem Schweif,
Die das Volk betrogen zu aller Zeit!
Wer versteht sich denn noch auf den Fackellauf
Und der Turnkunst männliche Übung?

Dionysos: Ja, wahrlich, so hab' ich mich neulich erst
Bei den Panathenaien zu Tode gelacht:
Da keucht' auf der Bahn so ein Faultier daher,
Blaß, feist und gebückt, weit hintendrein,
Der pustet' erschrecklich! Den fingen am Tor

Die Keramier auf und durchbleuten ihm derb
Den Buckel, die Lenden, den Bauch und den Steiß;
Und wie sie mit patschiger Hand ihn gewalkt,
Mit säuselndem Wind
Ausbläst er die Fackel und drückt sich!

Chor: Grimmige Händel, hitzige Zwietracht, derbe Kämpfe stehn bevor,
Und es heißt was, hier zu richten,
Wo mit Macht der eine dreinhaut
Und der andre sich zu drehn weiß und geschickte Finten schlägt!
Aber bleibt nicht stets beim gleichen,
Angriffskünste, Fechterkniffe gibt's noch hunderttausenderlei;
Lästert, keift und scheltet, rupft euch
Alte Sünden auf und neue,
Und in beißend feinen Witzen tummelt mutig euch herum!
Wenn ihr aber glaubt, an Bildung möcht' es eurem Publikum
Fehlen, zu kapieren eure
Feinen Hieb' und Redensarten, –
Macht euch deshalb keine Sorgen; denn es ist nicht mehr wie sonst,
Tüchtige, gediente Leute!
Jeder treibt Lektür' und lernt aus Büchern Witz, Geschmack und Ton;
Schon von Haus aus gute Köpfe
Und durch Bildung abgeschliffen –

Nein, da habt ihr nichts zu fürchten:
Schlagt euch, wie ihr wollt: es richtet euch ein weises Publikum!

Euripides: So will ich grad am Prologus dich fassen,
Um gleich an der Tragödie erstem Teil
Von vorn herein zu prüfen dein Talent:
Denn unklar gibt er stets die Handlung an.

Dionysos: Und welchen nimmst du vor?

Euripides: Nicht *einen* bloß!
Zu Aischylos
Sag den zuerst mir aus der ›Orestie‹!

Dionysos: Still, alles schweige! Aischylos, fang an!

Aischylos: „O styg'scher Hermes, waltend väterlicher
Gewalt! Gib Heil, ich fleh', und Rettung mir:
Ins Vaterland rückkehrend zieh' ich heim!"

Dionysos *zu Euripides*:
Mißfällt dir hier ein Wort?

Euripides: O mehr als zwölf!

Dionysos: Doch sind's in allem nur der Verse drei!

Euripides: Und zwanzig Fehler stecken doch in jedem!

Dionysos: Hör, Aischylos, ich rat' dir, schweige, sonst
Wirst du noch auf das Jambenkleeblatt schuldig.

Aischylos: Ich soll noch schweigen?

Dionysos: Ja, wenn du mir folgst!

Euripides: Da hat er gleich sich himmelweit verschossen!
Zu Dionysos
Was schwatzt du nur ins Blau' hinein?

Dionysos: Ich? Ne!

Aischylos: Wo siehst du Fehler?

Euripides: Wiederhol die Worte!

Aischylos: „O styg'scher Hermes, waltend väterlicher Gewalt –“

Euripides: Dies sagt Orestes auf dem Grab
Des Vaters, des Verstorbnen, nicht?

Aischylos: Gewiß!

Euripides: Und meint wohl: Als sein „Vater“ mit „Gewalt“
Durch Weibeshand und Mörderlist gefallen,
Da sei es Hermes, der dabei gewaltet?

Aischylos: Den list'gen nicht, den Hermes der Verstorbnen,
Den styg'schen ruft er an und fügt hinzu:
Ein väterlich Geschenk sei jenes Amt.

Euripides: Noch größer, als ich glaubt', ist dann der Fehler.
Gab ihm das unterird'sche Amt sein Vater –

Dionysos *einfallend*:
Dann ist er Gräberdieb, bestellt vom Vater!

Aischylos *zu Dionysos*:
Der Wein, den du genießt, ist ohne Blume!

Dionysos: Den nächsten Vers! Und du
zu Euripides merk auf die Fehler!

Aischylos: – „Gib Heil, ich fleh', und Rettung mir:
Ins Vaterland rückkehrend zieh' ich heim."

Euripides: Zweimal das gleiche, großer Aischylos!

Aischylos: Wie?

Euripides: Sieh die Wort' an, ich erkläre dir's:
„Ins Vaterland rückkehrend zieh' ich heim."
Rückkehren – heimziehn – ist ja ganz dasselbe!

Dionysos: Ganz so, wie wenn zum Nachbar einer sagt:
›Leih deinen Backtrog, deine Mulde mir!‹

Aischylos: Nein, nein, du Schwätzer, das ist ganz und gar
Nicht gleich: der Vers ist völlig tadellos.

Dionysos: Wieso? Laß hören, wie du da dir hilfst!

Aischylos: Heim zieht man, wenn man eine Heimat hat
Und nie gefährdet ward; doch ein Verbannter
Zieht heim und kehrt ins Vaterland zurück.

Dionysos: Beim Phoibos, gut! Euripides, wie steht's?

Euripides: Dann kehrt Orestes nicht ins Vaterland,
Denn heimlich kommt er, ohne Staatserlaubnis.

Dionysos: Beim Hermes, gut, versteh' ich's auch nicht ganz!

Euripides *zu Aischylos*:
Und nun das Nächste!

Dionysos: Hurtig, Aischylos,
Die andern Vers', und du
zu Euripides beschau die Mängel!

Aischylos: „Dich ruf ich, Vater, auf dem Grabeshügel,
Vernimm mich, höre –"

Euripides: Wieder ganz das gleiche!
„Vernimm und höre!" Plumpe Wiederholung!

Dionysos: Er spricht ja mit Verstorbnen, blöder Tropf,
Die man auch dreimal rufend nicht erreicht!

Aischylos *zu Euripides*:
Wie machst denn du sie, die Prologe?

Euripides: Höre!
Und sag ich je was zweimal oder zeigst
Du mir ein Flickwort, spei mir ins Gesicht!

Dionysos: Beginn, ich höre mit gespitztem Ohr
Auf deiner Verse Reinheit im Prolog.

Euripides: „Beglückt im Anfang war einst Oidipus –"

Aischylos: Nein, sag' ich, unglückselig von Geburt!
Von wem Apoll, eh' er empfahn, geboren,
Weissagt': er werde seinen Vater töten,
War der von Anfang ein beglückter Mann?

Euripides: „Danach der Sterblichen unseligster –"

Aischylos: Danach? Er war's von Anbeginn und blieb's!
Denn, kaum geboren, ward er ausgesetzt,
Zur Winterzeit, in einem irdnen Topf,
Um nicht zum Vatermörder zu erwachsen;
Geschwollnen Beins zu Polybos gebracht,
Nimmt er, der Jüngling, dann ein altes Weib,
Die eigne Mutter, die ihn einst geboren;
Dann blendet' er sich selbst –

Dionysos: Beglückt! – als hätt' er
Mit Erasinides zur See befehligt!

Euripides *zu Aischylos*:
Du faselst! In Prologen bin ich Meister!

Aischylos: Bewahr' mich Gott, daß ich dich Wort für Wort
Durchhechle; sämtliche Prologe mach'
Ich dir zuschanden mit dem Wörtchen ›Schuh‹!

Euripides: Was? Mit dem Schuh?

Aischylos: Mit einem einz'gen Schuh!
Du machst sie dergestalt, daß deinen Jamben

Sich alles anpaßt: Jäckchen, Säckchen, Schuh!
Ein Pröbchen geb' ich dir im Augenblick.

Euripides: Das willst du, wirklich?

Aischylos: Ja!

Dionysos *zu Euripides*: So deklamiere!

Euripides: „Aigyptos, wie die Sage weit erscholl,
Mit fünfzig Söhnen durch der Ruder Schlag
In Argos angelangt –"

Aischylos: Verlor den Schuh!

Euripides: Was soll der Schuh hier, du Vermaledeiter?

Dionysos: Noch einen Prologus! Da soll er sehn –

Euripides: „Dionysos, der mit Thyrosstab und Rehfell
Geschmückt beim Fackellicht auf dem Parnaß
Im Reigentanz sich schwingt –"

Aischylos: Verlor den Schuh!

Dionysos: O weh, schon wieder ein verlorner Schuh!

Euripides: Hat nichts zu sagen! Doch dem folgenden
Prologe paßt er keinen Schuh mehr an!
„Beglückt in allem ist kein Sterblicher:
Denn dieser, edlen Stamms, ist arm an Gut,
Und jener, ahnenlos –"

Aischylos: Verlor den Schuh!

Dionysos: Euripides!

Euripides: Was gibt es?

Dionysos: Geh nach Haus,
Denn in der Tat, dich drückt der Schuh gewaltig!

Euripides: Nein, nein, das macht mir keine Sorgen, jetzt
Bleibt er mit seinem Schuh mir sicher weg!

Dionysos: Noch einen denn: doch sei auf deiner Hut!

Euripides: „Der Sohn Agenors, Kadmos, ausgezogen
Aus Sidons Königsburg –"

Aischylos: Verlor den Schuh!

Dionysos: Du Ärmster, kauf ihm ab den bösen Schuh,
Sonst tritt er die Prolog' uns ganz entzwei!

Euripides: Abkaufen? Ich?

Dionysos: O ja, wenn du mir folgst!

Euripides: Niemals! Prologe weiß ich viele noch,
An die er keinen Schuh mir hängen soll!
„Der Tantalide Pelops, der nach Pisa
Mit schnellen Stuten kam –"

Aischylos: Verlor den Schuh!

Dionysos: Da hast du's, wieder hängt der Schuh daran!
Mein Bester, kauf um jeden Preis ihm einen;
Zwei Obolen – da kriegst du von den besten.

Euripides: Nein, nein! Noch hab' ich der Prologe g'nug.
„Oineus auf dem Gefild –“

Aischylos: Verlor den Schuh!

Euripides: So laß mich doch den Vers zu Ende sagen!
„Oineus auf dem Gefild beim Erstlingsopfer
Des reichen Ernt'ertrags –“

Aischylos: Verlor den Schuh!

Dionysos: Wie? Unterm Opfern? Ei, wie ging das zu?

Euripides: Laß ihn, mein Freund; sieh zu, was sagt er jetzt?
„Zeus, wie die Wahrheit selbst geoffenbart“ –

Dionysos: Halt, du verlierst! Er sagt: – ›verlor den Schuh!‹
Denn wie die Feigenwarz' am Auge sitzt,
So hängt der Schuh an jeglichem Prolog. –
Mach dich einmal an seine Chorgesänge!

Euripides: Fürwahr, beweisen will ich ihm: ein Stümper
Ist er im Chor, der stets sich wiederholt!

Chor: Was man da wieder vernehmen wird?
Wahrlich, ich sinne vergeblich nach,
Was er aufbringen mag wider
Jenen Mann, der die meisten doch
Und die schönsten Gesänge gemacht,
Wie sonst keiner der Lebenden!
Wundern soll es mich, was an ihm

Er zu mäkeln findet,
An ihm, dem bakchantischen König;
Wahrlich, mir bangt für den Tadler!

Euripides: Erstaunenswerte Lieder! Hört einmal:
Denn all' in eins will ich zusammenziehn!

Dionysos: Ich nehme Steinchen, so, und zähle nach.

Euripides: „Held Achilleus aus Phthia, vernehmend das Männergemetzel,“
Was bringst du nicht wundenabwehrende Hilfe?
„Hermes verehren als Ahn wir, die seeumwohnenden Männer,“
Was bringst du nicht wundenabwehrende Hilfe?

Dionysos: Zwei Wunden, o Aischylos, hast du!

Euripides: „Glorreichster Atride, gewalt'ger Achaierkönig, vernimm!“
Was bringst du nicht wundenabwehrende Hilfe?

Dionysos: Drei Wunden, o Aischylos! Siehst du?

Euripides: „Andachtsvoll! Die Melissen nahn,
Der Artemis Tempel zu öffnen!“
Was bringst du nicht wundenabwehrende Hilfe?
„Männlicher Helden gesegnete Fahrten vermag ich zu preisen,“
Was bringst du nicht wundenabwehrende Hilfe?

Dionysos: Allmächt'ger Zeus, da sitzt ja Wund' auf Wunde!
Ich denk', ich geh' nur schleunig in ein Bad;
Wundfieber krieg' ich sonst in allen Gliedern!

Euripides: Nicht, eh' du noch die andre Liederweise,
Zum Klang der Zither stimmend, angehört!

Dionysos: So fahre fort, doch laß die Wunden weg!

Euripides: „Wie dort der Achaier
Doppelthroniges Fürstenpaar mit der Jugend von Hellas“,
Und rattendattenrattendra!
„Hündische Sphinxungeheuer zu Führern“, „gesendet“
Und rattendattenrattendra!
„Ward mit dem Spieß und dem rächenden Arm durch den Adler“,
Und rattendattenrattendra!
„Zum Raub hingebend
Luftdurchsegelnden, gierigen Hunden“
Und rattendattenrattendra!
„Das Volk, auflauernd dem Aias“;
Und rattendattenrattendra!

Dionysos: Was soll das Rattendra? Wo hast du's her?
Aus Marathon? Am Brunnen aufgefischt?

Aischylos: Nein, Schönes hab' ich schön mir angeeignet,
Und nicht auf gleicher heil'ger Musenau
Mit Phrynichos zu pflücken mir erlaubt.

Doch jener stiehlt aus allen Hurenliedern,
Aus Skolien von Meletos, kar'schen Tanz-
Und Trink- und Trauerliedern! Hier ein Pröbchen! –
Bringt mir die Laute! Doch wozu die Laute
Für ihn? Komm her, du Alte mit dem Topf,
Schlag drauf, o Muse des Euripides:
Nur du begleitest würdig sein Geleier!

Ein altes Weib mit einem Topf tritt auf und begleitet das Lied mit einem Charivari

Dionysos: Die spielt wohl nicht in lesbischer Manier?

Aischylos: „Halkyonen, die ihr an ewigrauschenden
Meereswogen zwitschert und girrt,
Die ihr mit tropfender Fittiche Schwung
Feucht den gebadeten Leib bespritzt";
Ihr, die so heimlich im Eck unterm Dach
Mit ei-ei-ei-eifrigen Fingern, ihr Spinnen,
Webekundig die Fädchen dreht,
„Zum Klang des melodischen Weberschiffs"!
„Wo der flötentrunkene Delphin
Um die stahlblaukielige Barke"
Tanzt, weissagend der Fahrt Gelingen;
„Lichtglanzatmender Rebenblust,
Kummerstillendes Traubengewind!" –
Zu der Alten
„Umschling' mich, o Kind, mit blühendem Arm!"

Zu Dionysos
Bemerkst du den rhythmischen Fluß?

Dionysos: Gar wohl!

Aischylos *zu Euripides*:
Dergleichen Weisen dichtest du!
Und *du* willst tadeln meinen Sang,
Der in der Zwölferleiermanier
Kyrenes Lieder fertigt?
So viel von deinen Chören. Jetzt will ich
Anstimmen deiner Monodieen Weise:

O schwarzäugig Dunkel der Nacht,
Was schickst du für gräßlichen Traum mir
Aus der finstern Tiefe, den Boten des Styx,
Den beseelten seelenlosen, das Kind
Pechschwarzer Nacht, mit dem scheußlichen Antlitz,
Grabesdunstwitterlich, blutigen, blutigen Mord im Aug',
Mit gewaltigen Krallen mir dräuend?

Zündet ein Licht mir, ihr Mägde, geschwind,
Schöpfet in Eimern aus Strömen den Tau und wärmt mir das Wasser,
Daß ich den göttlichen Traum abspüle!
Ha, König des Meeres! Das ist's, o ihr Freunde, das ist's,
Schaut diesen Greuel im Haus!
Seht, aus dem Hof hat gestohlen den Hahn mir und –

Verschwunden ist Glyke! Ihr Nymphen des Bergs,
Greift sie, und du, o Viehmagd!

Ach, ich Arme saß so emsig
An meiner Arbeit, die Spindel voll Garn
Ei-ei-ei-eifrig in Händen drehend,
Einen Knäuel zu fertigen, um morgen früh
Am Tag auf den Markt ihn zu tragen.
Aber entflogen, entflogen zum Äther auf
Ist er mit allzu behendem Gefieder
Und ließ mir nur Schmerzen, ach Schmerzen zurück,
Und Tränen, ach Tränen herab von den Wangen
Strömen mir, strömen der armen Maid!

„Aber, ihr Kreter, Söhne des Ida“,
Auf und ergreift die Geschosse der Rache,
Rühret die Glieder, umstreifet das Haus,
Und du zugleich, jungfräuliche, schöne,
Artemis Diktynna,
Deine Kläffer am Seil, durchstöbre die Burg!
Auch du, Zeus' Tochter, den Doppelbrand schwing'
In der rührigen Hand, o Hekate,
Und leuchte mir zu der Glyke hin,
Daß ich scharf Haussuchung dort halte!

Dionysos: Hör auf mit Singen!

Aischylos: Ich hab' auch genug!
Zur Waage führ' ich jetzt ihn noch: *sie* wird

Allein entscheiden über unsre Kunst,
Kund gebend, was ein Wort von jedem wiege.

Eine große Waage wird gebracht

Dionysos: So kommt, da ich zu guter Letzt wie Käs
Auswägen soll so großer Dichter Kunst!

Chor: Was ein Genie doch für Zeug erdenkt!
Welch eine Grille, verwunderlich,
Albern, in aller Welt unerhört!
Käm' einem andern der Einfall?
Hätte mir dieser und jener
Etwas dergleichen gesagt,
Niemals glaubt' ich's und dächte,
Daß er nicht richtig im Kopfe ist!

Dionysos: Da, stellt euch her zur Waag', ihr beiden!

Aischylos *und* **Euripides**: Hier!

Dionysos: So, faßt sie: Jeder sagt dann seinen Spruch
Und läßt nicht fahren, bis ich: ›Kuckuck!‹ rufe.

Beide: Wir halten!

Dionysos: Sprecht nun euren Vers hinein!

Euripides: „O wäre nie der Argo Kiel entflogen!"

Aischylos: „Spercheiosstrom, ihr herdenreichen Weiden!"

Dionysos: Kuckuck! Laß los! – Da seht, die seine sinkt
auf Aischylos deutend
Viel tiefer!

Euripides: Und was ist der Grund davon?

Dionysos: Weil er den Strom hineingelegt, den Vers
Wollhändlermäßig netzend, wie die Wolle;
Du legtest ein beflügelt Wort hinein.

Euripides: Er soll sich stellen und noch einen sprechen!

Dionysos: Faßt beide wieder an!

Beide: Wir fassen!

Dionysos: Sprich!

Euripides: „Der Peitho einz'ger Tempel ist das Wort."

Aischylos: „Kein Gott als nur der Tod verschmäht Geschenke."

Dionysos: Laßt los! Die seine senkt sich abermals;
Den Tod, der Übel schwerstes, legt' er drein.

Euripides: Und ich die Peitho – gibt's was Schöneres?

Dionysos: Ein leicht Geschöpf mit wind'gem Hirn ist Peitho:
Drum such ein andres vollgewicht'ges Wort,
Das niederzieht, was Großes, Markiges!

Euripides: Laßt sehn, wo hab' ich so was?

Dionysos: Sag einmal:
„Achilleus hat geworfen zwei und vier." –
Doch sprecht: die Waage schwankt zum letztenmal!

Euripides: „Die Rechte faßt die eisenschwere Keule."

Aischylos: „Und Wagen stürzt' auf Wagen, Leich' auf Leiche."

Dionysos: Er hat dich wieder überlistet.

Euripides: Wie?

Dionysos: Zwei Wagen und zwei Leichen legt' er drein,
Zwölf Dutzend Mohren heben die nicht auf!

Aischylos: Weg mit den Versen jetzt! Er selber setze
Mit Weib und Kindern und Kephisophon
Sich in die Waag', und allen seinen Stücken;
Von mir zwei Verse leg' ich nur hinein!

Dionysos: Ihr lieben Männer, da entscheid' ich nicht;
Ich möchte gern mit keinem mich verfeinden.
Als Meister acht' ich den, den andern lieb' ich.

Pluton: So kommst du nicht zum Zweck, wozu du herkamst!

Dionysos: Und wenn ich richte?

Pluton: Nimmst du einen mit,
Den du dir wählst; sonst warst du hier umsonst.

Dionysos: Vergelt dir's Gott!
Zu Euripides und Aischylos

Nun denn, so hört mich an!
Nach einem Dichter kam ich her!

Euripides: Wozu?

Dionysos: Daß, froh der Rettung, Chöre feiern mag
Die Stadt. Wer nun von euch ihr guten Rat
Zu geben weiß, den denk' ich mitzunehmen.
Erst sagt mir, was von Alkibiades
Ihr denkt: denn in Geburtswehn liegt die Stadt.

Euripides: Wie denkt die Stadt von ihm?

Dionysos: Was soll ich sagen?
„Sie liebt, sie haßt und hätt' ihn doch so gern!“
Doch sagt ihr selbst, was denkt ihr in der Sache?

Euripides: Den Bürger hass' ich, der dem Vaterland
Zu nützen langsam, ihm zu schaden schnell,
Der nie dem Staat, nur sich zu helfen weiß.

Dionysos: Vortrefflich! Aber du, was meinst denn du?

Aischylos: Zieht keinen jungen Löwen auf im Staat;
Erwächst euch einer, müßt ihr ihm euch fügen!

Dionysos: Nothelfer Zeus, da hält es schwer zu richten:
Der sprach verständig, jener sehr verständlich!
Noch eine Meinung soll mir jeder sagen,
Wie er das Heil des Staats zu fördern weiß.

Euripides: Kinesias gebt dem Kleokrit zur Schwinge,
Dann trägt der Wind ihn übers breite Meer!

Dionysos: Das klingt wohl spaßhaft; aber hat's auch Sinn?

Euripides: Und käm's zur Seeschlacht, spritzten sie aus Krügen
Den Feinden scharfen Essig in die Augen. –
Im Ernst, ich weiß noch andres! Höre!

Dionysos: Sprich!

Euripides: Wenn hier das Mißtrau'n in Vertrau'n wir wandeln,
Und dort Vertrau'n in Mißtrau'n. –

Dionysos: Etwas dunkel;
Wir sind hier Laien, sprich nicht so gelehrt!

Euripides: Wenn wir den Bürgern, denen jetzt wir trau'n,
Mißtrau'n, und die, die jetzt wir nicht verwenden,
Verwenden, dann vielleicht sind wir gerettet.
Denn geht's uns schlecht mit diesen, muß ja wohl
Bei solchem Umtausch Rettung uns erblühn!

Dionysos: Mein Palamedes, o du kluges Wesen!
Hast du's ersonnen? Hat's Kephisophon?

Euripides: Dies? Ich! Kephisophon die Essigkrüge!

Dionysos: Doch du, was meinst du?

Aischylos: Sag mir erst, an wen
Die Stadt sich hält? Die Tücht'gen?

Dionysos: Wäre schön!
Die haßt sie gründlich!

Aischylos: Und die Schlechten liebt sie?

Dionysos: Das eben nicht! Sie braucht sie, weil sie muß.

Aischylos: Wie ist denn aber solcher Stadt zu helfen,
Der weder Rock noch Mantel passen will?

Dionysos: Ersinn etwas, sie aus dem Sumpf zu ziehn!

Aischylos: Dort oben sagt' ich's gern; hier mag ich nicht.

Dionysos: O nicht doch! Sende guten Rat hinauf!

Aischylos: Wenn sie des Feindes Land für eignes achten
Und eignes für des Feindes, für Gewinn
Die Flotte, jeden andern für Verlust!

Dionysos: Gut, wenn die Richter nur nicht alles schluckten!

Pluton *zu Dionysos*:
Entscheide jetzt!

Dionysos: Mein Urteil lautet so:
„Ich nehme den, den meine Seel' erkor!"

Euripides: Der Götter denk', bei denen du geschworen
Mich heimzuführen; wähle deinen Freund!

Dionysos: „Die Zunge schwur's" – ich wähle Aischylos!

Euripides: Du gottverfluchter Mensch, was tust du?

Dionysos: Ich?
Für Aischylos entscheid' ich! Kann ich anders?

Euripides: Du wagst mich anzuschaun nach solcher Schandtat?

Dionysos: „Was Schandtat, wenn's dem Volk nicht so erscheint?"

Euripides: Grausamer, du verschmähst mich noch im Tode?

Dionysos: „Wer weiß, ob nicht das Leben Sterben ist" –
Und Schnaufen Saufen, und der Schlaf ein Schafspelz?

Pluton: Komm, Dionysos! Geht hinein!

Dionysos: Wozu?

Pluton: Damit ich vor der Abfahrt euch bewirte.

Dionysos: Schön, herrlich! Nein, da hab' ich nichts dagegen!

Sie treten hinein

Chor: Glücklich ist der Mann, der Geist,
Kenntnis und Geschmack besitzt!
Dafür zeugt, was wir gehört.
Dieser Mann, erprobt als Weiser,
Geht zurück in seine Heimat,
Seiner Vaterstadt zum Frommen
Und zum Frommen seinen eignen
Freunden und Verwandten all,
Weil ihn tiefe Einsicht schmückt.

Schande, wer bei Sokrates
Sitzen mag und schwatzen mag
Und die schöne Kunst verdammt
Und vom Größten ab sich wendet,
Was die trag'sche Mus' erfand!
In gespreizten, leeren Phrasen,
Tifteleien, Quäkeleien
Faulgeschäftig sich zu üben,
Ist für hohle Köpfe nur!

Die übrigen außer Euripides kommen wieder heraus

Pluton: Glück auf den Weg, mein Aischylos!
Zieh hin und rett' uns die teuerste Stadt
Mit besonnenem Rat und züchtige scharf
Die Betörten: gar viel sind ihrer im Land!
Und dies hier nimm für Kleophon mit,
Gibt ihm Stricke
Und dies für die Lieferanten
Dem Myrmex dies, dem Nikomachos,
Dem Archenomos dies!
Sag ihnen, sie sollen sich schleunig hieher
Verfügen zu mir, und ohne Verzug!
Denn, kommen sie nicht, und schnell, will ich,
Ja, ich selber will sie gebrandmarkt, fest
Geknebelt, geschnürt,

Zusamt Adeimantos, dem Reiherbusch, schnell
Herab in den Hades befördern!

Aischylos: Das werd' ich besorgen. Du aber indes
Gib Sophokles einzunehmen den Thron
Und mir zu bewahren, wenn einstmals hieher
Ich kehre zurück. Denn diesen erklär'
Ich den Zweiten laut in der tragischen Kunst!
Doch sorge, daß nicht der verschlagene Schelm,
Der Lügner, Schmarotzer und Harlekin,
Sich je, und würd' er gezwungen dazu,
Meinen Thron zu besteigen erfreche!

Pluton *zum Chor*:
So leuchtet ihm nun mit dem heiligen Licht
Der Fackeln voran, und geleitet zugleich
Ihn mit Liedern von ihm, mit Gesängen von ihm,
Den gefeierten Sänger umtönend!

Chor: Schenket ihm Segen und Heil auf den Weg, dem scheidenden Dichter,
Welcher zum Licht aufschwebt, o ihr Götter im Schoße der Erde!
Schenkt auch der Stadt zum erfreulichen Heil heilsame Gedanken!
So nur mögen von Jammer und Not wir gründlich genesen,
Ledig des leidigen Waffengeklirrs; und ein Kleophon fechte,
Oder wer sonst es begeht, auf den Fluren der eigenen Heimat!